那时的某人

〔日本〕东野圭吾 著
吐雅 译

あの頃の誰か

译林出版社

图书在版编目（CIP）数据

那时的某人／（日）东野圭吾著；吐雅译．—南京：译林出版社，2022.5（2023.1重印）
ISBN 978-7-5447-9002-4

Ⅰ.①那…　Ⅱ.①东…②吐…　Ⅲ.①短篇小说－小说集－日本－现代　Ⅳ.①I313.45

中国版本图书馆 CIP 数据核字（2021）第 268759 号

著作权合同登记号　图字：10-2018-450号

那时的某人　［日本］东野圭吾／著　吐　雅／译

责任编辑　李浩瑜　宗育忍
特约编辑　竺文治
装帧设计　胡　苨
责任校对　孙玉兰
责任印制　颜　亮

出版发行　译林出版社
地　　址　南京市湖南路 1 号 A 楼
邮　　箱　yilin@yilin.com
网　　址　www.yilin.com
市场热线　025-86633278
排　　版　南京展望文化发展有限公司
印　　刷　江苏凤凰通达印刷有限公司
开　　本　880 毫米 × 1240 毫米　1/32
印　　张　6.5
版　　次　2022 年 5 月第 1 版
印　　次　2023 年 1 月第 2 次印刷
书　　号　ISBN 978-7-5447-9002-4
定　　价　39.80 元

目录

谜团重重

1

二十五米的泳池，来回游了八次之后，动作果然越来越费劲了。一向引以为傲的纤细的身体，从泳池中出来的那一刻，却感觉有体重的三倍那么重。津田弥生摘下泳帽，坐在泳池边上的椅子上。游泳馆有远红外线供暖设施，因此尽管是十二月，身体却一点儿都不觉得冷。

这时，游泳馆的工作人员，一个穿着半袖衫的年轻男子笑容满面地走过来。

“辛苦了！我去给您拿点饮料吧？”

“谢谢，不用了。”弥生笑着拒绝了他的好意。刚入会时，听说这里的饮料是免费的，觉得不喝点太吃亏，结果喝了很多并不喜欢的。现在她知道那么做不太明智了。

弥生擦干身体，看了一眼墙上的钟。都已经下午六点十八分了。

真过分啊，迟到这么久。他最近好像有点得意忘形啊——弥生噘着嘴，悻悻地用毛巾擦着头发。

她等的，是她的恋人北泽孝典。虽说是恋人，并没有订婚什么的。反正，她不是很了解孝典。她只知道，孝典曾经想要成为专业的高尔夫球员，现在在这个体育俱乐部里的高尔夫俱乐部工作。

实际上，弥生能加入这个高级俱乐部，也是靠孝典介绍。每次两人约会，也都是约在这个游泳池旁边见面。

说实在的，弥生这个人没有时间观念。和男人的约会，几乎都迟到。要说全部也不过分。如果男的因为这事生气，那就分手，男人多的是。

但是，今天迟到的竟然是孝典。这种事还是第一次。

"那你来接我嘛……啊？法拉利拿去修了？……讨厌，别开那种廉价的车来接我！被别人看到怎么办！"

旁边传来很大的说话声。转过头一看，一个女人穿着花哨的泳衣，很神气的样子，手拿一个长方形、像盒子一样的东西。那是最近人们都在谈论的手机。

"……哦，那个宝马啊，那还说得过去。对了，餐厅你已经预约好了吧？……又吃意大利菜啊？换法国餐厅吧。……我不管，你自己想办法。对了，吃饭前我要顺便去一趟香奈儿……对，之前预订的已经到了。好啦，就这样吧。"

打完电话的女人，可能是感觉到有人在看她，于是朝弥生这边看了一眼，嘴角有一丝意味深长的笑。那表情似乎是说，羡慕吧？

弥生不屑地移开视线。有什么了不起的，手机什么的多麻烦！我就算不拿手机，男人也会想方设法联系到我，根本无所谓！虽然弥生在心里努力逞强，但是也不可否认有点羡慕那个女人。有个手机也挺好的，她心想，要是有人送我一个就好了，如果现在有个手机的话，就能马上联系到孝典了。

六点半了，弥生从椅子上站起来。等男人足足等了三十分钟，还是头一遭呢。自尊心不允许她再等下去了。

淋完浴，换好衣服，弥生又看了一眼泳池边，还是没看见孝典的身影。

弥生乘电梯上了大厦的最顶层。孝典工作的高尔夫俱乐部就在这里。弥生打算不见他，只留一张纸条给他，然后就回家。纸条上写的是“你该给脖子上挂一个钟了！”

但是，前台女接待的回答令她很意外。

“今天北泽先生没来上班。好像是休假，但是没有任何联络……”

“休假？”弥生很奇怪，没听他说过这事。

跟女接待道过谢后，弥生立即用公用电话给北泽的寓所打电话，电话打通了却没人接。弥生开始担心起来。如果是外出的话，他应该会设置成留言电话的。该不会是遇到了什么事故吧？

从体育俱乐部大厦出来后，弥生前往孝典位于广尾的寓所。那是一座三十层高的大楼，一楼的大厅比酒店还要气派。弥生去过几次他家，也有他家的钥匙。

虽然弥生有一种不祥的预感，但是也没那么担心。也许他有什么急事，所以没法去上班，把约会的事情也忘得一干二净了吧。所以，去孝典的家，与其说是去了解情况，不如说是为了留那封信给他。信的内容当然是委婉地提出分手。弥生写这封信，不是为了控制他，而是真的想分手了。并不是因为今天的迟到，只不过是借此机会，把一直以来的想法付诸行动罢了。弥生总觉得他不适合自己，再说他好像也没钱，差不多该结束这段关系了。结婚就更别提了。结婚的话，最好是医生或者飞行员。就算是上班族，也得是证券公司或广告代理商。妈妈希望是公务员，但是世道已经变了。弥生的叔叔在政府部门工作了二十多年，奖金还没有今年刚参加工作的弟弟多。

当初和孝典交往，完全是为了免费跟他学高尔夫。不过，下次还是找个真正的高尔夫球员吧。所以还是写封信果断地提出分手比较好。顺便把钥匙也还给他吧。

但是弥生的计划落空了。因为，孝典家的门已经打开了，孝典就在里面。

不过，是他的尸体——

孝典倒在地毯中央，双目圆睁。那一瞬间，弥生顾不上尖叫就跑进了洗手间。

2

案件调查在大厦一楼的管理办公室进行。办公室里设有会客用的桌椅沙发，弥生和警察隔着桌子面对面坐下。房间的一角，放着一套高尔夫球具，好像是管理员的私人物品。弥生对高尔夫球具不是很了解，但是也看得出来是相当贵的东西。现如今，阿狗阿猫都打高尔夫了。要说高尔夫会员超过一亿，也一点都不稀奇。

鼻子下面留着一撮胡子的森本警官，反复向弥生询问发现尸体的经过。只要弥生说的和前一次稍有不同，他就会不停地追问。弥生甚至一度觉得，莫非森本在怀疑自己。

“那么，接下来我想了解一下你们两个人的关系。你们是以什么为契机认识的？”

“谈不上什么契机，他和我常去做翻译的那一家人来往比较密切。”

弥生的本职工作是英语和法语的翻译。客户主要是企业，不过偶尔也有私人客户。中濑公次郎就是其中一个。中濑公次郎是休闲产业公司“中濑兴产”的总经理。以前，弥生做过中濑兴产的翻译工作，受到公次郎的赏识，后来私人场合也请她过去做翻译。公次郎经常在家里接待欧美客户，因此家里经常需要翻译。

孝典与中濑一家来往密切，是因为他死去的父亲和公次郎是好朋友。而且，公次郎非常欣赏孝典的高尔夫才能，为了帮助他成为专业的高尔夫球员，还资助过他一段时间。那段时期，孝典不用工作，只需要从早到晚练习高尔夫，可以说没有比这更好的环境了。但是，高尔夫球界竞争激烈，最终公次郎和孝典都不得不放弃了。此后，孝典开始在中濑集团旗下的体育俱乐部工作。

弥生和孝典认识是在今年夏天，那时的孝典，兴趣已经转向开高尔夫球具商店了。当然，他没有开店的资金，可能是打算向公次郎寻求资助吧。

听完弥生的这番话，森本开始问道：

“关于北泽被杀的事，你有什么线索吗？”

弥生只能摇头。

“我们一直都不干涉对方的生活。”

“那么，也没有提过结婚的事吗？”

“是的，从来没提过。”

弥生没有讲打算分手的事。要是被问起原因的话太麻烦了。但是，不知是不是森本察觉到什么，他看自己的眼神似乎有点轻蔑。那表情好像是说——现在的女人都是这样，只把男人当钱包看，耐不住寂寞和落魄的高尔夫球员谈恋爱，结果发现人家没钱又想分手，不就那么回事嘛。弥生用同样的眼神回击森本——没错，那又怎样！

“对了，”森本收起了刚才的表情，“我想您也看到了，北泽的房间被弄得很乱。也就是说，凶手很有可能在找什么东西。究竟会是什么呢？”

“这个……”弥生也想不出什么。当时她看到尸体很害怕，慌忙跑出去了。但是她记得房间里确实很乱。书架上的书全都被翻出来了，抽屉也通通被翻过的样子。

“您想不出什么吗？”

“是啊，完全想不出来。难道抢劫犯不是在找存折之类的东西吗？”

森本摇头说：“存折、现金都没有被偷走。而且，这不是单纯的抢劫。不知道您有没有发现，北泽没有外伤。如果是抢劫的话，一般都会有凶器。”

“哦，确实……”

弥生想起当时孝典的旁边，有一个咖啡杯倒在地上，咖啡也洒出来了。

“这么说，难道是下毒……”

“现在还不确定，”森本把食指竖在嘴唇上，示意她小声一点，“目前来看，熟人作案的可能性比较高。”

弥生沉默了，没想到孝典也会遭人憎恨。

“我再确认一遍，关于凶手，您真的没有什么线索吗？”

“完全没有。”弥生回答得很肯定。

“好的。”森本点点头，从口袋中拿出了一张照片。好像是拍立得相机拍的。“这张照片拍的是死者旁边的地毯上，被害人在死之前用手边的油性笔写的字。您觉得该怎么读呢？”

弥生接过照片，淡紫色的地毯上用黑色油性笔写的字，似乎有一种诡异的生命力。字写得有些扁平，看起来像英文字母A。

“是的，我也认为像A。”森本点点头。“所以我想了解一下，北泽身边有没有与A有关的人或东西？”

“A……”

弥生仔细想了一下，还是想不到什么。她只好说，自己可能是受了惊吓，孝典的很多事情都想不起来了。

“这样啊。”森本收起了照片，没有表现出多少失望。他递过来一张名片，“如果您想到了什么，请跟我联系。”

弥生应付完警察，从孝典住的大楼里出来时，已经是晚上九点多了。想出去玩一玩转换心情，却已经没有力气了，只好回自己在中野的公寓。一想到尸体，连食欲也没有了。她草草洗了个澡，把家里的电话设置成留言状态，就钻进被窝睡觉了。今天发生的一切，都不像是真的。

闭上眼睛，可怕的画面再一次浮现在脑海中。

3

第二天下午有工作，是某个学会在市内的酒店举办的国际会议。弥生昨晚几乎没睡，所以忍着哈欠做完了同声传译。

工作结束以后，弥生在一楼的休息室喝咖啡时，一个陌生的男人出现在她眼前。

“不好意思，我的表停了，请问现在几点？”

男人大约三十岁，高高的个子，晒得黝黑的肤色，身上穿的西装是阿玛尼的。没戴手表。

弥生看了一眼自己的手表，回答道：“五点二十三分。”

“是嘛。哎呀，酒店太大了，找不到钟在哪里……”

男人讨好似的笑了笑，看着弥生的脸问道：“我们……是不是在哪里见过？”

弥生不慌不忙地摇了摇头：“我不吃这一套。”

男人尴尬地皱起鼻子：“被你看穿啦？”

弥生故意模仿某个电影里的女主角：“我男朋友很多，除非死一个，要不然没有空缺的。”

没想到那个男人说：“那今天应该有空缺的。昨天晚上不是刚死了一个吗？”

弥生吃惊地看着男人的脸：“你到底是谁？”

男人放了一张名片在桌子上，上面写着“尾藤茂久”。没有写任何头衔。住址是南青山。

“我是北泽大学时候的朋友。我是为了调查他的死，特意在这里等你的。”

“你怎么知道我在这里？”

“我找过你做翻译的同事，听说你经常做学会翻译啊，真了不起。”

“你没问我的住址吗？”

“问了，但是不能去。今天肯定有警察在那边监视吧。”

“监视？”弥生皱起眉头，“难道他们怀疑我？”

“嘘，小声点。不介意我坐你旁边吧？”

“别碰我就行。”

尾藤挑了挑眉，假装咳嗽了一声坐了下来。

“不只是你，警察也来找我了。刨根问底的，简直是把我当嫌疑犯！现在还没找到任何线索，他们肯定很着急吧。仅有的线索就是，凶手在找什么东西，还有那个字母A。”

“关于那个，警察也问了我，可是我也什么都想不出来。”

“北泽有什么特别重要的东西呢？当然，除了你。”

听到这话，弥生苦笑了一下：

“你也和警察一样，误会了我和他的关系。我们关系没那么深啦，只是所谓的成年人的交往。而且……”弥生耷拉着肩膀道，“说实话，我正打算跟他分手的。”

“为什么？因为他没钱吗？”

尾藤的话一针见血，弥生不禁睁大了眼睛。尾藤看她这样，撇了撇嘴：“看来被我说中了啊。”

“不光是因为那个，也有性格方面的原因。我觉得他不适合我，他没有我想象的那么成熟，有时候又有点滑头。当初跟他在一起是因为长得还不错，又能教我打高尔夫球。但是最近越来越觉得搞不懂他了，真的。”

弥生不厌其烦地解释道，她不想被扣上拜金女的帽子。

“具体发生了什么事？”

“也没什么，只是他最近一直想开店，张口闭口说的都是找资金的事。这种事情不太适合跟女的说吧。”

“那倒也是。”

这么说着，弥生突然想起了什么。

“对了，上次见面，他跟我说了很奇怪的话。”

“很奇怪的话？”

“好像是开店的资金有着落了。”

弥生回忆起当时在游泳池旁，孝典突然说：“我时来运转了，这次无论如何要抓住机会！”然后伸出右手问她：“我的这只手有创造奇迹的神奇力量，你知道这样的手叫作什么吗？”

“魔法手？”

“魔法？不错。不过还有一种说法，你再好好想想。”说完，孝典跳进了泳池中。从那以后，两人再没有提起过这个话题。

听完弥生的讲述，尾藤歪着脑袋不解地说：“魔法的另一种说法？完全想不出来啊。我不擅长猜谜游戏，但是，可以肯定的是，他当时碰到了一个好机会。”

“你想不出什么吗？”弥生问道。

“很遗憾，我也是没有头绪才来找你的。但是托你的福，多少得到了一点线索，谢谢你！”尾藤起身道。

“你要是知道什么了，记得联系我哦。”弥生说道。

尾藤拿起桌上的账单，朝弥生抛了个飞眼。

4

孝典的葬礼是在他遇害后的第三天。孝典没有家人，好像是亲戚们为他安排的葬礼。

弥生也出席了葬礼。她在丧服外面还披了一件貂皮大衣，但是在寺院排队上香时，还是觉得脚底发冷。

冻得发抖的弥生抬头看了一下周围，发现队列中有一个眼熟的人——中濑公次郎的大儿子，中濑兴产的专务董事中濑雅之。此人才三十多岁，是典型的借父母余荫上位的家伙。弥生听说他读了个三流大学，留级好几次最后勉强毕业的。还听说他的专务董事只是挂名而已，实际上每天就知道打高尔夫。

中濑雅之旁边站着一个二十五岁左右的女性，弥生不认识她。中濑雅之有一个叫中濑弘惠的妹妹，但是弥生见过她，不是眼前这位。

上完香后，虽然很冷，弥生还是等到了出殡。她目送灵车远去，想到里面躺的是孝典的遗体，有一种不可思议的感觉。

刚走出寺庙没几步，听到有人叫她："您是津田小姐吧？"回头一看，是一位头发稀疏、个子矮小、有点年纪的男人。对方朝她轻轻鞠了一躬。弥生好像在哪儿见过他。

"您是？"

"您不记得了吗，我是中濑公次郎先生的秘书，我叫龟田。"这个小个子男人掏出了名片。名片上印着他刚才说的职位。

弥生想起来了，她以前在中濑家见过这个男人。

"是这样的，我有话想跟您谈，不知道您现在是否方便？"

"有话要谈？"

"很重要的事情，关于北泽先生的。"小个子男人抬头看着她。

会是什么事情呢？弥生戒备着。说实话，她打算今天的葬礼之后就彻底忘掉孝典这个人。所以她不想被卷进什么麻烦的事情。

亀田看出她有些犹豫，压低声音说道："知道这个事情，对你没有坏处的。"

既然没有坏处，那就听听看吧。弥生这个人，有便宜是一定要占的。

"好的，那我就听一听。"弥生谨慎地点了点头。

走进咖啡店，亀田选了最靠里的位置。可能是不想被别人听到他们的谈话内容。

"没想到会发生这样的事情，请您节哀。"亀田例行公事般地说。

弥生摇摇头："不必这样。我正打算把他忘掉呢。"

亀田叹了一口气，点点头。

"那样最好不过。现在的女性比较洒脱，所以也不需要廉价的同情吧。但是，这件事还没有解决。在事情水落石出之前，我希望您先不要忘掉这件事。"

"什么意思？"

"我言归正传吧。首先是中濑董事长，他现在正在住院。"

"他生病了吗？"

"是的，这里有问题。"亀田用手指了指自己的秃脑袋。"我不是跟您开玩笑。是脑瘤，而且是晚期。"

"那就是说……"

"是的，"亀田表情凝重，"时日不多了。大概十天前就进入昏迷状态了。已经失去意识了，医生也束手无策。也许过不了多久，报纸上就会出现中濑兴产董事长的讣告吧！"

"真可怜，他还很年轻吧？"

“六十八岁。从平均年龄来看的话，应该属于走得早的。这个暂且不说——”亀田喝了一口奶茶继续说，“董事长还健康的时候，曾经交代我一件事情。是关于遗嘱的。他说如果他发生什么意外，让我把他藏在书柜里的遗嘱交给律师，按那个遗嘱来分配遗产。”

弥生点点头，不禁吞了吞口水。中濑兴产的董事长的遗产，该有多少呢。弥生想起孝典曾说过，中濑董事长曾经花一亿日元在寸土寸金的银座中心，买了一个刚好够停一辆劳斯莱斯的车位，作为自己专用的车位。可是后来他得知他不停车的时候，经常有人擅自占用这个车位。于是就雇了一个保安来看着。那个保安也要开车来上班，保安的停车费当然也是由中濑董事长来付。弥生当时听说这件事，觉得真是可笑。这世界上有钱人真多啊。继承这种有钱人的遗产——虽然和自己无关，但是光是想想就让人激动。

“因此，董事长陷入昏迷状态的那天，我走进他的书房打开了书柜。当然，董事长还没有去世，但是他的状况肯定不会好转了，我想还是早作准备比较好。”

这个忠实的秘书，即使面对董事长的死期，依然保持着冷静和理智。

但是，亀田的声音越发低沉：“我却发现书柜里面没有遗嘱。”

“哦？为什么呢？”

“您觉得呢？”亀田反问道。

弥生想了一下，自言自语道：“难道是被偷走了？”

“我也这么觉得，”亀田深深地点了点头，“董事长不可能在这件事情上有什么疏忽。如果是这样的话，问题就是，是谁偷走了那个遗嘱呢？目前来看，应该是董事长的家里人，或者是经常进出中濑家的人。恰好这个时候，北泽孝典先生被杀了。我想，换作是别人，也难免会怀疑有什么联系吧？"

"您是说偷遗嘱的是北泽吗？"

"我是说有这个可能性。至少，他有这个机会。所以我想请问一下，您有没有看到过北泽先生拿着类似的文件？"

"没看到过他拿那样的东西。而且，他为什么要偷中濑先生的遗嘱呢？他不是中濑先生的家人，也不是亲戚，再怎么样也扯不上关系啊。"

"确实，北泽和继承遗产毫无关系。但是，可能有人指使他这么干。"

"指使他偷遗嘱？会是谁呢？"

"这个，应该是自己进不去中濑家，但是又对遗嘱内容感兴趣的人吧，比如亲戚之类的。他们本来是没有继承权的，但是根据遗嘱的内容，有可能会分到一些。"

"但是，如果那个人把遗嘱偷走了，不就没有意义了吗？"

"并非如此。不过，这个事情有点复杂，三言两语很难解释清楚啊……"

龟田变得语无伦次，用手帕擦着他那并没有出汗的额头，看着弥生。

弥生用坚定的眼神看了回去。对方不解释清楚的话，她可就不合作了。

可能看出了弥生的意思，龟田叹了一口气："真是没办法啊，那我给您仔细说说来龙去脉吧。不过，您一定要保密啊。"

“放心吧，我口风严可是出了名的。不过，稍等一下。”

弥生又要了一杯桂皮奶茶。

龟田开始了他的讲述。

“董事长的夫人已经去世了，所以，全部的遗产应该分给董事长的两个孩子，也就是雅之少爷和弘惠小姐。但是，董事长说他能有今天不是他一个人的功劳，要给亲戚们也分一些财产。所以，遗嘱上应该就是那么写的。”

“是吗，原来中濑先生是这么心胸宽广的人啊。”

弥生嘴上这么说，心里却想着：如果我也有这么一个亲戚就好了。

“那是一方面。另一方面，两个孩子对于继承遗产表现得太迫切，也让董事长心生厌恶了吧。所以才要分一些给亲戚们。”

那种心情弥生也可以理解。眼看着孩子们等着自己死了分遗产，作为父母应该很悲哀吧。

“亲戚们听说后，都很高兴。但是，大约两个月前，发生了一件意想不到的事情。”

“什么事情？”

“突然出现一个叫畑山清美的女士，自称是董事长的私生子。刚才的葬礼她也在，就是雅之少爷旁边的那位。”

“啊，我想起来了。”弥生点点头，“是那位年轻漂亮的女士，对吧？”

“是的，她遗传了她母亲的美貌。而那正是后来那些事情的起因……”

龟田清了清嗓子，然后给弥生讲了这样一个故事：

二十多年前，中濑公次郎和一个在中濑公馆工作的家政妇畑山芳江发生了关系。公次郎并不是一个花心的人，恐怕是真心喜欢那个女人。

公次郎的妻子得知此事后非常生气，非要把那个女人赶走不可，否则就要离家出走。当时，公次郎也认真想过离婚的事，但是考虑到周围人的眼光，最终还是选择给芳江一笔钱并把她送回乡下。

几年后妻子一去世，公次郎就让部下去找芳江的下落，可见他一直没有忘记芳江。但是公次郎这么想见到芳江，还有一个重要的原因：他曾听人说，芳江回到乡下后生了一个孩子。

部下一找到芳江，公次郎立即去见了她。还在做家政妇的芳江，果然有一个五岁的女儿。公次郎向芳江道歉，并恳请她回到自己身边。

然而，芳江拒绝了他的请求。她说她不想再回忆起从前，她还说自己已经有结婚对象了。

希望她幸福的公次郎，无法再干涉她了。临走之际，公次郎告诉芳江，如果将来有什么困难，自己一定会帮忙的。龟田没见过芳江，但是他知道，董事长心里一直都放不下芳江。

就在两个月前，芳江的女儿清美突然出现了。

清美说，芳江因病去世前，告诉了她有关她生父的事情。原来芳江没有结婚，是独自一人把清美抚养长大的。

公次郎深受感动，立即决定让清美住进中濑公馆。但是清美说不愿意借住在公馆里，于是她被安排在那个体育俱乐部里工作。

“到此为止，还没有什么问题。关键是接下来的事情。”龟田喝了一口水润了润嗓子，“董事长提出要改写遗嘱。”

“哦，也有道理。”

既然多了一个女儿，重新分配遗产也是理所当然的。有钱人麻烦事真多啊。我们这种人家就没有这种烦恼。弥生的脑中浮现出父母的脸。

“所以，接下来的事情有点复杂。就像我刚才说的，董事长本来要给亲戚们也分一些财产的。但是清美小姐出现后，他改变了主意。具体地说，他把遗嘱改成遗产全部留给孩子们，也就是均分给雅之少爷、弘惠小姐和清美小姐三个人。”

“那么，本来能分到遗产的那些人，岂不是要失望了？”

“没错，”龟田神色黯然，“亲戚当中，甚至有人怀疑清美不是董事长的亲生女儿。真是闹得够呛啊。但是，董事长并非盲目相信清美小姐的话，而是做了相关调查的。调查的结果显示确实是亲生的。但是，麻烦的是，董事长在调查结果出来之前就倒下了。”

“那有什么麻烦的？遗嘱不是已经改好了吗？”

“没错。但是，当时调查结果还没有确定，所以董事长把两份遗嘱都保留了下来。他打算，等到结果出来，再决定废弃哪份遗嘱。不过，就算有两份遗嘱，根据遗嘱的日期，法律上会采用最新的那个，所以旧遗嘱不丢弃也是一样的。”

“两份遗嘱都被偷走了吗？”

“不，旧的还在。也就是说，如果董事长就这样走了，旧遗嘱就会生效。”

“原来如此——”弥生恍然大悟，事件的轮廓渐渐清晰起来了。“也就是说，不想让新遗嘱生效的人，指使孝典……北泽先生去偷遗嘱的，对吗？”

不想让新遗嘱生效、能从旧遗嘱中获利的人，应该就是亲戚们吧。

“现在还不确定是不是北泽先生偷的遗嘱，我只是觉得有这种可能性。如果真是那样，”龟田确认了一下周围，继续道，“凶手杀死北泽先生，也是为了拿到那封遗嘱，这么想是不是比较妥当？”

不错的推理，弥生心想。凶手把孝典的房间弄乱，原来是为了找遗嘱。

“龟田先生，这件事您告诉警察了吗？”

“是的，在他们同意保密的前提下。所以，从昨天起，他们开始重点关注那些亲戚们。”

“那我要做些什么呢？”

“遗嘱。请您配合我们找到遗嘱。”

“但是，遗嘱不是已经被凶手抢走了吗？”

“不，凶手有没有拿到遗嘱，现在还不知道。警察说，北泽先生的房间被弄得很乱。凶手翻找了那么久，说明遗嘱没有放在容易发现的地方。很有可能，凶手没有找到遗嘱。”

弥生用手抚着额头：“我明白您的意思，不过……”

“拜托您了，津田小姐。请您好好地回想一下北泽先生的言行，找到遗嘱。当然，如果您完整无缺地找到了，中濑家必有重谢，我会安排好的。”

“真的？可是我完全没有信心……”

“您可不能泄气，能帮我们的，只有您一个人了。换句话说，对凶手来说，您也是很重要的目标。”

“凶手？”弥生紧张地问。

“当然了。如果凶手还没有拿到遗嘱的话，您就会成为他的下一个目标。我没有吓唬您的意思，还请您多加小心啊。”虽说不是吓唬，但是龟田的声音格外阴沉。弥生觉得背后一阵发凉，不禁环视着周围。

“总之，事情就是这样，如果您想起了什么，第一时间联系我，好吗？”

“如果什么都想不起来呢？”

“一定能想起来的。为了我们，也为了您自己。”

龟田在弥生的面前，紧紧地握起了拳头。

5

弥生和龟田告别后，在回家的路上一直在想孝典的事情。他有没有隐藏过什么重要东西呢？可惜想来想去也没有结果。唯一可以称得上线索的，是那个“有神奇力量的手”。但是那表示什么意思，她也完全不知道。

绞尽脑汁的弥生走到公寓门口时，发现尾藤坐在花坛的一边，正在看报纸。

“葬礼不是很早就结束了吗，你去哪里了？我可是在寒风中等了你一个小时啊。”尾藤一边叠报纸一边发着牢骚。

“是你自己要等的吧。而且，我去哪里，跟你没关系吧！”

“那倒也是，不过我很好奇，一个年轻女孩穿着丧服，能去哪里呢？”

“多管闲事。我倒要问问你有何贵干。你等我一个小时，是不是那件事有什么进展了？”

“我也想回答说‘有’，但是很遗憾，没有。我仔细打听了北泽的周围，但是没听说他拿到过开店资金。涉及大钱的，只有中濑公次郎因为重病分配遗产的事。但是北泽不是中濑家的亲戚，所以没什么关系。”

听到尾藤的话，弥生低下头。她答应过龟田，不能向任何人提起遗嘱的事。

“‘魔法手’的另一种说法，我也仔细想过，但是实在是想不出什么。我也是没办法了才来找你的，心想你会不会有什么新消息。”

“可是，我这边也没有任何消息。”

“这样啊。看来，大冷天的等你这么久算是白等啦！”

“你不要一副很委屈的表情好不好，看你这么可怜，请你上去喝杯茶吧！”

“真的吗？真是感激不尽！”

“不过，你要是打什么歪主意，可别怪我不客气啊，我可是空手道二段呢！”

“二段？那可不妙啊。不会的，放心吧！我会和你保持最少一米的距离。”尾藤向后退一步，举起双手装出投降的样子。

弥生的公寓是朝南的一室一厅。一走进客厅，尾藤就吹了声口哨，他看到沙发上随意摆放的名牌包。

“又是芬迪又是菲拉格慕，还有古驰、香奈儿、路易威登，你可以办个展览会了！”

“不瞒你说，那只是十分之一。”

“真厉害，全都是你自己买的吗？”

“怎么可能！我可不会花自己的钱买奢侈品。”

弥生这话一半是真的，一半是假的。当然很多是男人送的，不过，自己每次去国外旅行也会买回来一大堆。在日本买不到——她对这句话最没有抵抗力了。

弥生走进卧室，把门锁上后开始换衣服。从衣柜里拿衣服的时候，弥生觉得有点不对劲。总觉得和平时不一样，但又说不出是哪里不对劲。

是心理作用吧——

弥生一边觉得奇怪一边走出卧室。客厅里尾藤正在捣鼓她的录音机，音响里传出来的不是音乐，而是法语的朗读录音。

“太厉害了，这些你都能翻译出来吗？”

“嗯，对，不过都是不太难的内容，而且没有专业用语。”

“你笔译也做吗？”

“也会做。有时候要把中濑公次郎写的东西，翻译给外国人看。说实话，对我来说，老年人写的日语文章，比英语、法语文章麻烦多了。经常有晦涩难懂的词，或是我不会读的汉字出现，害我经常要翻字典呢。”

“看来不容易啊。不过还是很佩服你，我连英语都不大行，竟然还能考上大学，真是想不通啊。”

“大多数人都是那样的。”弥生一边组装咖啡机一边说，“对了，我还没问你的情况呢，你名片上也没写，你是做什么工作的？”

“实在是不值得一提，算是自由撰稿人吧。”

“自由撰稿人？哇，好酷啊。”

“谈不上。对了，你是从小就想做翻译的吗？”

“我想做翻译，大概从高中的时候开始吧。以前是想做老师，不过现在想起来都觉得后怕。”

“我从来没想过当老师。”

听到尾藤的话，弥生有些吃惊地看着他。

“你上的不是教育大学吗？难道不是因为想当老师？”

尾藤和孝典是大学同学的话，应该也是教育大学的。孝典是那里的高尔夫球社团的。

尾藤一副上当受骗的表情，摊开手掌。

“读教育大学，不一定就是想当老师。只不过因为考不上别的大学。”

“是吗？”有点疑惑的弥生，打开了咖啡机的开关。咖啡机发出磨豆子的声音。“他……孝典以前是一个什么样的学生呢？他说因为父母很早去世，学生时代吃过不少苦。”

“是吗，不过，我觉得他大学时代过得挺普通。”

“关于他在高尔夫社团的表现，你不了解吗？”

“知道一些，但不是很了解。总之我对高尔夫没什么兴趣。”

“这样啊……”

孝典曾经说过，他大学时候专注于高尔夫的练习，几乎没怎么上过课。那他怎么和尾藤成为好朋友的呢？弥生一边准备开口问尾藤，一边打开放咖啡杯的橱柜。突然，看到其他餐具的她不禁“啊”地叫了一声。

“怎么了？”

“好像有人动过橱柜……”

“真的吗？你没搞错吧？”尾藤走过来。

“绝对有问题。你看，这个盘子边儿脏了，肯定有人碰过。”

“除了橱柜，其他地方呢?”

“我看一下。”

弥生再次走进卧室，把梳妆台的抽屉、杂物盒都检查了一遍。看来不是心理作用。这些东西摆放的位置都不太对。

“太过分了！竟然擅自闯入别人的家。”

“有没有偷走东西?”

“不可能偷走什么，这个人找的是遗嘱。”

“遗嘱?”

尾藤追问道。糟了，弥生不由得捂住了嘴。

“你好像在隐瞒什么，这可不行啊!”尾藤盯着她说。

“我答应要保密的。不过既然这样了，就告诉你吧。”

弥生把龟田的话一五一十地告诉了尾藤。尾藤抱着胳膊沉吟道：

“原来如此。那么，可以确定的是，凶手还没有找到遗嘱。否则他不会潜入你家里。”

“如果遗嘱是孝典偷的，那他为什么要藏起来呢?”

“他可能觉得不藏起来太危险了吧。会不会是这样呢，北泽看到遗嘱的内容后，向不愿意公开遗嘱的人提出交换条件。应该是金钱方面的，如果不想公开的话就要给钱之类的。北泽跟你说开店资金有着落了，会不会说的就是这个?”

“那不就相当于敲诈勒索了吗?”

“不是相当于，那就是敲诈勒索。”

弥生沮丧地垂下了头。虽说本来就要分手的，但是男朋友做过这种事，还是让她很受打击。她埋怨自己的眼光太差。

“我理解你的心情，但现在不是沮丧的时候，你要赶快采取行动。”

“采取行动？”

“当然了，你赶快去找那个私生女，叫清美还是什么的。她也许知道遗嘱的内容，或者北泽可能跟她说过什么。”

“太受打击了，打不起精神……”

“要打起精神。中濑公次郎撑不了多久了。再不找到遗嘱的话，杀死北泽的凶手就要如愿以偿了。而且——”尾藤用大拇指和食指做出点钱的动作，“如果找到遗嘱，你就能收到礼金，对吧？对方可是大名鼎鼎的中濑家族，礼金不可能是十万二十万这么少，至少要多加一个零，甚至有可能更多哦。”

多加一个零就是百万，如果更多的话——

弥生差点要跳起来，确实不是沮丧的时候。

“还喝什么咖啡啊，准备走啦——”尾藤刚把咖啡杯送到嘴边，弥生已经跑进卧室换衣服去了。

畑山清美在体育俱乐部内部的事务所工作。弥生和尾藤把她叫了出来。清美说“让同事看到我在休息室不太好”，把两人带到了大楼的楼顶。楼顶上有花坛和日晷，有一种小公园的情调。下午天气也不错，零零散散有一些客人。

“我不在乎什么遗产。”

在花坛旁边的椅子上坐下后，清美坚定地说。她五官很美，但不是那种高调的美，而是一种质朴的美。

“我跟父亲相认，只是为了见到自己的亲生父亲。我母亲一直到死，都没有忘记中濑先生。”

“您母亲一直没有再婚，是吗？”

“是的。妈妈说，曾经有过机会，但还是下不了决心。我想她还是爱着中濑先生的。”

“您刚才说不在乎遗产，中濑先生有没有跟您谈过这方面的事情呢？”坐在一旁的尾藤问道。

清美有点犹豫，然后点了点头。

“他说，他让我受了不少委屈，所以想补偿我。”

“他说具体要怎么补偿呢？是不是说承认你的身份，给你和其他孩子均分遗产？”

“是的，大概就是您说的那样。或者说，比那更多一些。”

“更多？”

“父亲说：‘他们两个从小到大我都照顾得很好，所以在分配遗产时，会更多地优先考虑你。’”

“优先……？是什么意思？”

“不过我跟他说了，他不必为我做那么多，我只希望他去给母亲扫一次墓……”

清美把平放在膝盖上的双手并拢在一起。

“关于遗嘱的事情，北泽先生有没有跟您提过什么？”

“北泽先生吗？没有，什么都没说过。”清美抬起头，摇了摇头。

其他也没有什么要问的了，尾藤和弥生只好到此为止。

从楼顶下来时，经过一个温室。清美说：

“北泽先生以前经常来照看这个温室。他看起来不像是会做这种事情的人，所以我当时挺意外的。”

“这么说起来，孝典曾经说过，在打高尔夫球的时候，会不由自主地注意到周围的植物。他大学时也这么喜欢植物吗？”弥生问尾藤。

尾藤歪了歪脑袋，他似乎也不清楚。

弥生向温室里望去，一排排的仙人掌盆栽，沐浴着暖暖的阳光。

刚走出电梯时，对面走来一个男人，怒气冲冲地看着清美。

“你上哪儿去了！总经理叫你过去一趟！”

“对不起，我刚才跟田中打过招呼的……”

“我不管你跟谁打过招呼！工作时间不能走开的，你不知道吗？因为你，我也会被骂！”

“以后我会注意的。”

清美双手放在前面，低头认错。

“真是的……要不是考虑到你的情况，早就炒你鱿鱼了！”

说完，男人快步穿过走廊远去了。

“他干什么呀？这是，”弥生说，“再怎么样，也不至于这样吧！”

“他知道您是中濑公次郎的女儿吧？”尾藤问清美。

“知道。但是他也是中濑家的亲戚。这家体育俱乐部里工作的人，大多数都是中濑家的亲戚。”

“对了，这里的总经理就是中濑弘惠小姐，对吧？”弥生想起来了。弘惠是公次郎的长女。弘惠不到三十岁就已经当上了总经理，弥生第一次听孝典说起时，大吃了一惊。

“真好，亲戚中有一个有钱人，所有人都可以变得幸福。”弥生说。

清美听到这话，眼神落寞地看着弥生，慢慢开口说道：

“您觉得那样幸福吗？被金钱束缚、被金钱支配……”

“但是，总比没钱好吧？”

清美摇摇头。

“是程度的问题。抢购不需要的土地、不打高尔夫却花钱办一堆会员证、花几亿买不喜欢的名画……现在的人都像疯了一样。再这么下去，有朝一日这个国家会变得不正常的。”

弥生望着清美那张严肃的脸。

“这个国家……您说得也太夸张了吧。”

清美连忙收起脸上的表情。

“是啊，不好意思，说这种幼稚的话。那我先告辞了。”清美鞠了一躬，便走进事务所的办公室了。

“清美小姐是不是和亲戚们处得不太好呢？”弥生一边往出口走，一边问尾藤。

“那还用说。在那些亲戚看来，差点到手的遗产是被清美抢走的。我听说，公次郎的大部分资产，是靠祖辈留下来的土地发展起来的。所以，仅仅因为是直系就继承这么多财产，肯定会招致亲戚们的妒忌。他们肯定想借此机会，把分配不公的财产拿回来吧。”

“清美小姐好像也很讨厌那些贪财的亲戚们呀。”

“她说的‘现在的人都像疯了一样’吗？确实，有可能。”

从体育俱乐部正门走出来的时候，弥生不由自主地回头看了一眼。她总觉得有人跟着她。

“怎么了？”

“哦，没事。”

肯定是心理作用——弥生一边说服自己，一边穿过自动旋转门。

6

第二天，弥生忙了一天。除了同声传译的工作，还突然来了普通口译的工作。尽管如此，这是自孝典去世以来，弥生最充实的一天。

不过，有一件事情令弥生感到不安。她无论到哪里，都有一种被人跟踪的感觉。实际上，有几次她看到有人躲在墙壁或柱子后面，可是等她提心吊胆地走过去时，那个人已经不见了。

是不是被警察跟踪呢——

弥生越想越觉得诡异，下班回家的路上，她时不时地停下来看看身后。她总觉得身后有脚步声。

回到家里没多久，电话就响了。是尾藤打来的。

“不知道算不算新消息，我查到了北泽被杀当天相关人员的不在场证明。”

“不在场证明？你是怎么查的？”

“这个嘛，用了各种手段。因为工作的关系，我在警察那边也有一些熟人。”

“真的？真是让人刮目相看啊。”

“谢谢你刮目相看。言归正传，我调查的结果是，这些人当中，几乎没有人有明确的不在场证明。根据推测，北泽的死亡时间是你发现尸体的前一晚。这个时间，大多数人都是在家里。但是，和家人在一起作为不在场证明是没有多少效力的。”

如果是前天晚上的话，我也没有不在场证明。弥生心想。

“所以呢，警察还是无法缩小嫌疑人的范围。对了，你那边怎么样？有没有什么不正常的事情？”

弥生把有人在跟踪自己的事告诉了尾藤，尾藤调侃她说：“是美女就要习惯别人的眼光啊。”继而又认真说道：“跟踪你的人，应该不是警察。”

“那会是谁呢？”

“如果不是你妄想症引起的心理作用的话——”

“太没礼貌了啊，没那回事！”

“如果不是那样的话，那应该就是凶手。凶手以为遗嘱在你这里。”

“不要啊，好可怕。”

“总之，你要多加小心。晚上最好不要出去。”

“我也这么觉得，所以今天早早就回来了。年末大家都出去玩，但是我却……唉，明天芝浦有一个豪华派对，听说抽奖的奖品是保时捷呢！”

“留着小命才能享受那些。好了，今晚就到这儿吧。”

说完晚安挂了电话后，弥生盯着电话，想着尾藤这个人。他说自己是自由撰稿人，究竟是做什么工作的呢？尾藤对警察的搜查情况一清二楚，这让弥生觉得疑惑。

第二天没有工作，弥生决定一大早就去游泳。路过体育俱乐部的事务所门口时，弥生朝里面看了看，没看到清美的身影。

也许是因为还早，游泳池里空荡荡的。除了弥生之外，只有几个人在游。没过多久那几个人也不见了，游泳池只剩下弥生一个人，就像被她包下来了一样。

过了一会儿，不知从哪里冒出来一个男人，戴着水下呼吸器。这个游泳馆有潜水的课程，可能是那个教练吧。

弥生在宽阔的游泳池中自由自在地游着。一到水里，不愉快的事情统统都忘了。

再游完一个来回就休息吧——弥生一边这么想着一边转身，突然水中出现了一个黑影。刚反应过来，她的两只脚就被牢牢地抓住了。身体被一股强力拉向水底。此刻在游泳池底的，是刚才那个戴着呼吸器的男人。

弥生脑中只有一个念头：我要被杀了。这时，向下拉的那股强力突然变弱，忽然又将她的身体推向水面。弥生好不容易脑袋露出水面，大口地喘气，剧烈地咳嗽。但是双脚还是牢牢地被抓着。

“放心，我们不会杀你的。”

头顶上方传来一个声音。弥生抬头一看，中濑弘惠正站在泳池边上。她穿着绣有金色蔷薇的黑色泳衣，那华丽的泳衣怎么看都不像是游泳穿的。也许是因为从下往上看，中濑弘惠的腿看起来很长，身体比例几乎跟外国人一样。

“你们……为什么要这样？”弥生一边喘气一边问。

“我问你，遗嘱藏在哪儿？如果在你这里的话，赶快交出来。”

“我什么都不知道。他什么都没告诉我。”

“不可能，你们不是关系很好，每天在这个游泳馆里约会吗?”

“我真的……不知道。”

弥生又呛了一口水，那个男人抓着弥生的脚，保持在她勉强可以呼吸的高度。

“钱的话，我可以给你一些。那个遗嘱，多少钱卖给我?”

“可是，遗嘱不在我这里呀!”

“别装糊涂了。”

弘惠弯下腰，把手伸进水里，像小孩戏水一样向弥生的脸上泼水。水落入弥生的眼睛和鼻子，她一时无法呼吸了。

“这事也许跟你无关，但是对我们来说可是大事情。如果旧遗嘱生效了，就得给那些无聊的亲戚们分财产。这样一来，我能拿到的就只有五分之一甚至六分之一。我可是他亲生女儿啊，有这么不合理的事情吗？不过，如果生效的是新遗嘱，就算清美小姐也要继承，我还是能拿到至少三分之一。这差距有多大，你应该也知道吧!”

你跟我说这些也没用啊，弥生心想。

“如果遗嘱在我这里……我肯定马上给你。我拿着那东西……也没有用啊。”

“真的吗？有很多人不希望那个遗嘱公开。你不就可以用遗嘱威胁他们了吗?”

“我不会做那种事。”

“我不信。不管怎么说，你是那个北泽的女朋友。”

弘惠继续向弥生泼水，弥生的鼻子里进了水，呛得难受。

大概过了几分钟，弘惠终于停下手站了起来。

“你还挺倔的啊，还是说你真的不知道?”

“我真的不知道。”

“那好，你答应我，如果你找到遗嘱了，要第一个联系我，知道了吗？”

“但是，我已经答应亀田先生……”

“不要管那个老头！知道了吗？要联系我。”

弘惠是担心新遗嘱的内容对她不利吧。弥生在水里点点头，不管怎么样，先逃脱这个局面再说。

弘惠莞尔一笑：“老老实实就很好。如果事情办成了，礼金方面不会亏待你的。但是，如果你敢背叛我，就别怪我不客气！”

弘惠做了一个伸展动作，以非常优美的姿势一跃跳入泳池中。几秒钟后，弥生的双脚重获自由。她连忙挣扎着爬到岸边调整呼吸，远远地看到弘惠和戴呼吸器的男人从对面爬上了岸。

弘惠淡定地笑着，朝弥生做了一个飞吻的动作。

7

从体育俱乐部出来后，弥生直接前往孝典的寓所。她想，就算找不到遗嘱，也许能找到别的什么线索。否则，现在这样，她无法安心生活。

弥生本以为孝典的寓所会有警察守着，却发现没有警察，只贴着一张禁止出入的告示。可能搜查已经结束了吧。

弥生有孝典家的钥匙，所以进去很容易。但是，进去之后，她却不知道从哪开始找才好。孝典的房间看起来空荡荡的，对案件有用的重要东西，好像都被警察拿走了。

弥生漫无目的地翻看着相框的背面、地毯下面等，但毫无所获，只觉得无力。这么找恐怕也找不到什么。

看来只有寻求帮助了——

弥生想到了尾藤，于是打开了包。但是，她发现随身携带的电话簿忘在家里了。

弥生懊恼地坐进沙发里，马上又想起什么，走到了放着电话机的台子前。

既然两个人是好朋友，也许电话旁边能找到尾藤的电话号码。

但是，她没找到电话簿，也许被警察收走了吧。

接下来，弥生想到的是毕业纪念册。如果能找到尾藤父母家的联系方式，就能想办法联系他了。

弥生在书架上很快就找到了毕业纪念册。翻到孝典的班级那里，发现最后一个名字就是尾藤茂久。

弥生拨通了毕业纪念册上的电话号码，响了三声之后，电话被接起来。

"您好，这里是尾藤家。"是一个年轻女人的声音。

"您好，我叫津田，请问茂久先生在吗？"

听到弥生的话，对方沉默了一下。"您找我丈夫吗？"对方惊讶地问。

看来是尾藤的妻子。他还装作一副单身的样子！说不出来为什么，弥生有点不高兴。

"是的，我找您丈夫。他在吗？"

尾藤的妻子又沉默了一下才开口："我丈夫出差去美国了……请问，您找他有什么事？"

"去美国了？什么时候去的？"

"大概一个月前吧……"

"一个月前……"

"喂？喂？"

弥生无言地挂断了电话。她突然觉得毛骨悚然。那个自称是尾藤的男人，究竟是谁？

弥生离开了孝典家，她不敢一个人待在这里了。她发现没有一个人可以相信。

回到家里时，弥生发现尾藤正在门口等她。准确地说，是那个谎称尾藤的男人。

"嘿！"他很阳光地扬手打了个招呼，"关于案发当晚有关人员的行踪，我又有新消息了，所以过来告诉你。"

"是吗，谢谢你。"

弥生努力装得自然一点，但表情还是很僵硬。

"你怎么了？看起来脸色不太好。"

"我有点累了。不好意思，咱们改天再谈可以吗？"

"可以是可以……你没事吧？"

"没事，稍微休息一下就好了，再见。"

弥生打开门，迅速地进去了。关上门后，她从猫眼看向门外，尾藤不解地歪了歪脑袋，悻悻地离开了。

弥生冲进卧室，迅速换上一件大衣，戴上了墨镜，把忘在家里的电话簿塞进包里后，急匆匆地出门了。

弥生走出公寓，看到尾藤在前面走着，离自己大概一百米。她开始偷偷地尾随他。

尾藤走到马路边上，拦了一辆出租车。弥生也赶忙招手拦了一辆车。她交代司机跟紧前面那辆车，司机吃惊地睁大了眼睛:“您是？女刑警?”

“对，我是CIA的!”

三十分钟后，尾藤在一个高层住宅楼前下了车。弥生提早一点下了车，看到尾藤走进大楼之后，她才跟了进去。

走进大楼一看，尾藤已经坐电梯上去了。弥生盯着电梯门上的数字，电梯停在了九楼。

弥生查看了楼下的住户邮箱，把九楼住户的名字全部抄了下来，然后拿起了旁边的公用电话。她拨通了查号台，询问了抄下来的第一个人的电话号码。结果，查号台报出的号码不是尾藤的电话。弥生挂断电话，继续重拨，询问第二个人的电话号码。

打到第六个时，查号台终于报出了和尾藤一致的电话号码。秋本裕一，原来这才是这个人的真名。

弥生再一次拿起电话，拨通了尾藤房间的电话。

“您好。”电话那头是尾藤的声音。他没有报自己的姓名，可能是因为在使用假名吧。

“您好，秋本先生!”

听到弥生的声音，对方吃惊地叫出声来，接下来沉默了一会儿，“唉，”尾藤叹着气问，“你怎么知道的?”

“这个你别管。你好好解释一下怎么回事吧!”

“说来话长，我去你家里说吧。”

“不行。我不能和你单独见面。”

“这么讨厌我呀。”他又叹了一口气。“没办法，那我们在外面见吧，这样总可以吧？”

“可以，但必须是有人的地方。”

“好，那就找个大一点的地方吧。”

尾藤提议，在他家附近的公园里见面。他似乎知道弥生在跟踪他。

“我刚才在洗澡，大概二十分钟到，你等我一下。”

“好。”弥生放下电话，看了一眼手表，刚过六点。

弥生走到公园一看，人比想象中还要多，而且仔细一看，老年人居多。弥生在公园里转了一圈就知道原因了。原来公园里有一个盆栽市场，到处摆着各种各样的盆栽。

弥生坐在公园的椅子上，想着这个叫秋本的男人。他为什么要接近自己呢？今天他虽然暴露了身份，但是一点也不惊慌，这仅仅是因为他善于伪装吗？

秋本，AKIMOTO——

弥生反复读着这个姓，突然倒吸一口凉气。她想起了孝典死前写下的字母A。A不就是AKIMOTO的第一个字母吗？！

弥生无法再平静了，她站了起来。尾藤，不，秋本，就是杀死孝典的凶手吗？如果是这样的话，自己跟他见面岂不是很危险？

弥生在盆栽中走来走去，现在怎么办？就算是报警，现在也没有什么确切的证据。

此时，一个牌子映入了弥生的眼帘。是摆在盆栽旁边的牌子，上面写着：“有仙人掌。”

仙人掌？

她走近一看，“仙人掌”三个汉字的旁边，还用片假名和平假名标着读音。

一瞬间，弥生的脑中闪过一个念头。孝典养的仙人掌，和他曾说过的谜语结合在了一起。魔法手……仙人的手……仙人掌！

原来是那个温室。

弥生飞奔起来。

8

来体育俱乐部，今天已经是第二次了。想起早上在这里遭的罪，弥生心里很不愉快。但是，如果遗嘱真的藏在这里的话，那就没办法了。

弥生走进大楼，径直上了电梯，直接到了最顶层。这个时间，果然一个人都没有。

弥生走进温室，环顾四周，仙人掌的盆栽只有三个。她拿起小铁铲，开始挖最大的那一盆仙人掌。

马上就有手感了，原来盆栽的土中埋着一个塑料袋。弥生小心地取出塑料袋，看到里面有白纸。肯定没错。

打开那张白纸，第一个跃入眼帘的，是很漂亮的“遗嘱”二字。

遗　嘱

本人中濑公次郎，将所有私有财产，做如下分配：

将中濑雅之、中濑弘惠应继承的全额财产，授予现居×××地的畑山清美。

弥生差点叫出声来。真没想到，公次郎要把所有财产留给清美一个人。

得赶快告诉龟田先生——

弥生这么想着，正要离开温室，突然眼前出现了一个黑影。弥生还没来得及出声，那个黑影就转到她身后，勒住了她的脖子。

弥生拼命挣扎。她听到那人粗重的呼吸声，这个人是真的想要杀死自己。弥生拼命想要挣脱，但那个人死死勒住她。

这时，弥生抬起右脚，用高跟鞋的鞋跟狠狠地踩向对方的脚。对方发出一声闷叫，力气放松了一些，弥生趁机挣脱了他的胳膊。

“啊，你是……”

弥生眼前的竟是中濑雅之。雅之一度想要蒙住自己的脸，但是他发现已经被认出来后，伸手向弥生逼近：“老老实实把遗嘱交给我！你拿它有什么用？！”

“你什么时候开始跟踪我的？”弥生一边后退一边问。

“已经很久了。你肯定知道为什么。为了跟踪你，这几天我都没法打高尔夫，公司也没去。”

“偷偷闯入我家的，也是你吧？”

“葬礼那天吧？我看到你跟着龟田走了，所以趁机去找了一下。我进北泽家里时，把他的钥匙都拿过来了，以备不时之需。果然，其中一把就是你家的钥匙。”

以后就算交了男朋友，也不能随便把钥匙给别人——弥生重新认识到这一点。

“你去过孝典的家？这么说，杀死他的人也是……”

“不是！”雅之摇头否认。“那天晚上，我确实去了他家，但是，我去的时候，他已经被杀死了！”

“你骗人！”

“是真的。是北泽给我写信，叫我过去的。”

“写信？”

“他信里说，如果想要遗嘱，就带五千万去他家里。信封里还有这个遗嘱的复印件。我看到遗嘱内容，简直不敢相信。我太失望了，我恨我爸爸。他竟然要把所有财产给那个来历不明的女人，这合理吗！”

“然后呢？你同意跟孝典交易？”

弥生的后背碰到楼顶的铁栏杆，她开始往侧面移动。

“还有别的选择吗？一旦遗嘱公布了，我一分钱也拿不到。所以，那晚我去了他家。没想到，那小子已经被杀死了。”

“那你说，是谁杀死了他？”

“我怎么知道！反正，我只想拿到遗嘱，可怎么找也找不到。继续待在现场太危险了，我只好离开。但我很怕那个遗嘱落入别人手里。”

“很遗憾，遗嘱被我找到了。”

“不，我认为我很幸运，因为没有人知道你找到了。快，把遗嘱给我！”

雅之伸出右手，逼向弥生。

“我不会给你的！”

“你要搞清楚！如果交给我，我会给你不少钱。但是，如果你抵抗的话，那我就要像刚才那样硬抢了！”

“你要是抢得着的话，那就试试吧！”一说完，弥生就开始往外跑。

“哎呀……”常年游泳的弥生，对跑步很有自信。但是，刚才还是武器的高跟鞋，这会儿却成了累赘。她很快就被雅之追上了。

“你还是死心吧！”

雅之面目狰狞，用手死死地勒住了她的脖子。这下要被杀死了，弥生不由得闭上了眼睛。没想到下一秒钟脖子上的手忽然松开了，她睁开眼睛，看见雅之已经倒在地上。

“正义的化身出场了。”

秋本已经站在她旁边，弥生看到他，瘫坐在地上：“你怎么不早点过来呀！”

“你讲不讲理啊，我能找到这里已经很不错了。你的空手道二段呢？”

“那当然是骗你的。”

这时，雅之爬起来，想要逃掉。

“啊，他跑掉了！”弥生喊道。

这下变成弥生他们要追雅之了。电梯被雅之抢先了，于是两个人跑楼梯下去。弥生在跑的途中把高跟鞋脱掉了。

两人冲到一楼时，雅之正要逃出大楼。秋本追了上去，弥生也跟在他后面。别的客人都奇怪地看着他们，但是顾不上那么多了。

弥生跑到大楼外时，听到车胎打滑的尖锐声音，接下来是什么东西相撞的声音。弥生定睛一看，秋本伫立在马路前面。

9

弥生走出警察局，看到等她的秋本。

“我被训了一顿，说为什么不早点联系他们。真是的，他们怎么不想想自己的无能！”

“算了，你就别怪他们了，他们找不到解开谜团的线索嘛。”

“谜团——是字谜，对吧？”

秋本的宝马车停在路边，他打开副驾驶的车门：“我送你回家吧。不过，在那之前，我带你去一个地方。”

“去一个地方？”弥生坐上车，转过头看着秋本，“对了，你还没告诉我你的真实身份呢。”

“我也正要给你解释呢。”

秋本坐上驾驶座，发动了车子。这款车有时会被嘲讽是六本木的丰田卡罗拉，不过确实是一款高级车。秋本开得起这样的车，他的工作收入也很可观吧。

“不过，刚才可真惊险啊。我到了公园，怎么也找不到你。”

“真没想到，你也想到了仙人掌。”

“你当我白痴啊，在那个地方走来走去，谁都会看到仙人掌的牌子啊。”

现在看来，从那时候开始，雅之就开始跟踪自己了。也就是说，弥生尾随秋本的时候，雅之就跟在她身后，想一想真是可怕。

“中濑雅之现在怎么样了？”

“好像哪里骨折了，但是没有生命危险。现在还在昏迷中呢。他一醒过来，就要接受警察的审问了。作为杀害北泽的最大嫌疑人。”

“但是他说，北泽不是他杀的。”

“警察会相信他的话吗？”

宝马车开进了某栋大楼的停车场。弥生从车上下来，在秋本的催促下乘上电梯。两人走出电梯，在走廊上走了一会儿，秋本停下脚步，用下巴示意了一下旁边那个门。门上写着“秋本律师事务所”。

弥生吃惊地望向他：“原来你是律师啊？”

“感到很吃惊吗？”

打开门，室内开着灯，里面的桌子上有一个老人正低头写着什么。看到他们进来，老人抬起头：“回来啦？”

“给你介绍一下，这是我父亲，也是这个律师事务所的所长，秋本律师。”

“你父亲……？”

“我的助手兼儿子，受到您不少关照，我也得谢谢您啊。”老人伸出布满皱纹的手，和弥生握了握手。

老人告诉她，他之前一直是中濑家的法律顾问。但近期感觉到体力不够，于是借这次遗产事务的机会，把接力棒交给了儿子。没想到事情发展到这个地步，遗嘱被盗，北泽被杀害。所以，裕一伪装成别的身份，去接近可能是重要线索的弥生。

“因为除了龟田先生，中濑家的人几乎都不认识我。所以说容易蒙蔽对手。”裕一解释说。

“你早点告诉我嘛！”

“别这么说，我那时候也不了解你啊！”

“好了好了，总之遗嘱找回来了就好。这么说可能有点不好，但这下中濑先生就算死了也可以瞑目了。虽然也许会有一点纠纷……”老人满意地点着头。

“瞑目不了，雅之还不承认他杀了北泽呢！”

“那个笨蛋的话谁会相信！”

“雅之的话是不能相信，不过，我总觉得怪怪的。首先，那个遗嘱有点不对劲。再怎么说，把所有的财产全部给畑山清美，是不是做得太过头了呢？”

“遗嘱是那样写的，那就没办法。我仔细查过了，那个遗嘱是真的。笔迹也都是中濑先生的。”

听到父亲这番自信满满的话，裕一抱着胳膊沉思着。

“但是，还有一个谜没有解开。”弥生从一旁插嘴道，“字母A，北泽死前写下的字母A，究竟指的是什么，还没有搞清楚呢。”

“是啊，还有一个谜没有解开。”秋本裕一沉吟道。

10

第二天一大早，弥生就被电话铃声吵醒了。她不情愿地接起来，电话那头传来秋本的声音。“你可真能睡啊！”

“干什么呀？这么早。女人要睡够八小时皮肤才会好，你不知道吗？”

“那可真是对不住。不过，听到接下来这个消息，你肯定会马上清醒的。中濑先生去世了。”

“啊？什么时候？”

“就在刚才。我们要着手准备公开遗嘱了。所以我跟你说一声。”

“好的，我马上过去。”放下话筒时，弥生已经迅速脱下了睡衣。

弥生到达律师事务所时，秋本已经在那里了，难得一见穿着西装的模样。据说他父亲正赶往中濑家。秋本说，接下来要把遗嘱拿到家庭裁判所，在那里接受鉴定。

“是不是通过鉴定，这个遗嘱就会生效？”

“不，鉴定只是确认内容而已，与有效性没有关系。通过鉴定了，却被视为无效，也是有可能的。不过，这次应该没什么问题。”

“一旦遗嘱公开，所有人都会大吃一惊吧？”

“大概是。特别是长女弘惠，不知要受多大打击呢。”

想到弘惠，弥生心情很复杂。新的遗嘱公开后，继承的财产不但没有增加反而减少，这是弘惠做梦也想不到的吧。更何况是一分钱都拿不到……

“但是，我还是有点怀疑。不知道为什么，那个遗嘱内容有点怪怪的。中濑雅之、中濑弘惠应当继承的财产，全额授予畑山清美……为什么要特意写上两个孩子的名字呢？直接写成把全额遗产给畑山清美，不就可以了吗？”秋本坐在椅子上，双手交叉放在脑后，抬头望着天花板。

“怎么写是人家的自由，也许是想强调，绝对不给那两个孩子的意思吧。”

“这个有点可疑啊。虽说他的两个孩子不是很有出息，但是，正因为如此，据说公次郎一直很担心他们。把一部分遗产给畑山清美，这很正常。但是全部遗产都给她，这个有点……”

秋本伸出胳膊，用手指在带有露珠的窗户上写下“全额”两个字。弥生也茫然地看着那两个字，突然她的脑中灵光一闪。

“难道说……”她沉吟道。

“什么？怎么了？”

“我还不确定。但是，有可能你的推测是对的。你把遗嘱拿给我看一下。”

“可以，你到底想到什么了？”

“字母A的谜底。接下来，这件事情，也许会有大逆转。”

11

中濑公次郎的葬礼，在他去世后的第三天举行。葬礼场面之大，十分符合他中濑集团董事长的头衔。

葬礼结束后，因为要公开遗嘱，中濑家的相关人员都聚集到了豪宅的会议室里。这将是第二代法律顾问秋本裕一的第一份工作。弥生假扮成他的助手，也进入了会议室里。

“那么接下来，我将宣读中濑公次郎先生的遗嘱。”

秋本从公文包中拿出遗嘱，用非常平稳的语调开始宣读。当读到“全额财产，授予现居×××地的畑山清美”时，会场发出一片惊呼的声音。

“怎么可能？！”

“他糊涂了！中濑先生一定是因为脑部的疾病，才会写下这样的遗嘱。”

亲戚们你一言我一语，都表示着不满。清美则坐在会议室的一角，低着头一动也不动。

“这个遗嘱，能让我看一下吗？”弘惠站起来问道。

“好的，请。”秋本将遗嘱递给了她。

弘惠站着仔细地看完遗嘱，然后抬起头摇了摇头：

“这遗嘱是假的。你有什么证据能证明这是我爸爸写的？”

“但是，署名确实是中濑公次郎先生的，印章也是真的。”

“可是我觉得，这个笔迹和我父亲的有点不一样。”

“大概是心理作用吧。如果您还是不相信的话，我们拿公次郎先生写的其他什么东西对比一下，您看如何？”

听到秋本这么说，弘惠点了点头说：“我也想对比一下。龟田先生，有没有什么合适的东西呢？”

被叫到名字的龟田，轻轻地用手拍打着手背，思考了一会儿。

“记事本怎么样？董事长有个记事本，常用来写写日程安排、做做笔记什么的。我记得应该是在书房的书桌抽屉里。”

“好的，那么……”秋本将周围人环视了一圈，然后他的目光停在了清美身上。“实在不好意思，您可以去把那个记事本拿过来吗？”

“啊，好的。”清美小声答应之后，走出了会议室。

“那么，剩下的就是等结果了。”秋本对在座的人说。

弘惠的脸色很难看，她看了看亲戚们，用冷淡的口吻说：“各位刚才也听到了，这件事情目前看来跟各位没什么关系。如果发现遗嘱是假的，我会通知你们的。你们先回去吧。”

一个中年男人站起来说：“等一下！这遗嘱是不是假的，我们也要鉴定一下。如果是假的，那就跟我们有很大的关系。因为另一份遗嘱就会生效了。”

弘惠冷笑一声，说道：“你担心我会骗你们？我也和你们一样，希望这个遗嘱是假的！”

中年男人不说话了。亲戚们嘟嘟囔囔着，一个个离开了会议室。

剩下的是死一般的沉默。没有一个人说话。

终于传来了脚步声，清美回来了。

“对不起，找来找去花了不少时间。哎呀……其他人呢？”

“跟他们没什么关系，请他们先回去了。啊，这就是那个记事本吗？”秋本接过一个黑色封皮的记事本，一页一页翻看着。“好像没写多少啊，这恐怕也没法拿来对比吧……咦？”秋本的手停在了某一页。

“怎么了？”龟田问。

“没想到啊。这里也写有遗嘱的内容。应该是打的草稿吧。”

“上面怎么写的？”弘惠急切地问道。

“还是一样的。‘将中濑雅之、中濑弘惠应继承的全额财产，授予现居×××地的畑山清美。’”

“还是全额啊……”弘惠叹气道。

“我……我应该说什么好呢？”清美无助地看着他们，“事情变成这样，我怎么办好呢？”

“您不用这么为难。”秋本温柔地对她说。

“可是，这么多的遗产，竟然让我一个人继承……”

“您不用这么为难。因为这个遗嘱是假的。就在刚才，这件事情已经得到了确认。”

清美的表情僵住了。

秋本看着她，继续说道：“仔细看的话，这个遗嘱有一个可疑的地方。也就是‘全额’的‘全’字。这个字是钢笔写的，但是拿到光底下看就会发现，有一部分的墨水颜色稍有不同。我们是这样推理的。这个字原本不是‘全’字，而是——”

秋本用笔在纸上写下一个大大的“仝”字。

“这是‘同’字的古字。也就是说，遗嘱原本是这样的：‘将中濑雅之、中濑弘惠应继承的仝额（同额）财产，授予现居×××地的畑山清美。’中濑公次郎先生是打算把遗产三等份，平均分给三个孩子的。而且我已经确认过了，公次郎先生平常确实常用‘仝’这个古字。”

“那剩下的问题，就是谁改写了遗嘱，对吧？”弘惠撇着嘴，看着清美。“当然，这就要看改写遗嘱对谁有好处了。”

秋本看向清美：“你应该知道我们肯定会怀疑你，不过要证明的话确实没那么容易。所以我们用了一个不太光明的手段，给你设了一个圈套。”秋本拿起那个记事本。“其实，这个草稿，是我们模仿公次郎先生的笔迹写的。”

清美的表情已经开始扭曲：“你说什么……”

“这个记事本上本来应该写着‘将中濑雅之、中濑弘惠应继承的仝额财产，授予现居×××地的畑山清美’。但是现在‘仝’字变成了‘全’字，也就是加了一笔横。这一笔是谁加的呢？只有清美小姐您，别的人没有这个机会。您刚才找到记事本后翻开来看，结果看到遗嘱的草稿，于是连忙在‘仝’字上加了一横。”

清美闭着嘴不发一言，似乎想反驳但是找不到托词。

“您为什么会这么做，我就不多问了。可能是您想要全部的遗产，而不想和弘惠小姐他们平分吧。至于其他的，您到了警察局再慢慢交代吧，包括杀死北泽的事。”

这时，会议室的门开了。出现在门口的，是森本警官他们。

清美握紧两个拳头，狠狠地瞪着秋本：“你少在这里夸夸其谈，你知道什么！”

说完这话，清美推开警察走了出去。

12

“到底是怎么一回事？”

在秋本律师事务所，秋本老人问他的儿子。

“这一切，是从北泽发现遗嘱开始的。他不是受人指使，而是偶然发现那个遗嘱，于是把它拿走的。随后他联系了清美，想要跟她做一笔交易。”

“这个交易，就是要改写遗嘱吧。”

“没错。只要在‘仝’字上加一笔变成‘全’字，清美就能得到全部的遗产。公次郎已经不可能恢复意识了。遗嘱的事北泽会保密，清美则要把财产的三分之一分给他，这就是他的条件。”

“那清美同意他这个条件了吗?”

“准确地说，是假装同意了。”秋本对他父亲说，“清美一直恨公次郎一家，考虑到她的身世，这也情有可原。她突然出现就是为了夺取中濑家的财产。因此，北泽的提议对她来说非常有吸引力。但是，清美不想一辈子被北泽挟制，于是她决定假装同意，借机杀死北泽，然后诿罪于其他人。而她选的替罪羊，就是那个没脑子的雅之。首先，清美谎称要确认遗嘱内容，从北泽那里骗取了一份遗嘱的复印件。然后，她把这个复印件寄给雅之，还以北泽的名义写了一封威胁信。信的内容是，想要遗嘱的话带五千万日元来北泽家。五千万日元是个比较少的数目，这样雅之一定会毫不犹豫，这是清美的聪明之处。”

“她打算在雅之来之前，杀死北泽拿走遗嘱吧。”

“但是，她杀死北泽后怎么都找不到遗嘱。再拖下去的话雅之就要来了，她只好先离开北泽家。但是她非常担心，万一遗嘱落入雅之手中，被处理掉就完了。”

“但是，令清美庆幸的是，遗嘱被我找到了。而且雅之也受了伤，陷入了昏迷状态。”

刚才医院来了消息，听说雅之开始逐渐恢复意识。

“对清美来说，雅之死了当然最好不过，就算没死也肯定会变成杀死北泽的嫌疑犯。剩下的，就是按照遗嘱继承全部遗产——她就是这么打算的吧。”

“全部财产，嗯……”秋本老人伸出下嘴唇，摇着头，“她的想法真傻，而且完全没用。”

“完全没用?”弥生不解道，“清美的想法确实太傻，但是怎么会完全没用呢?只要计划实现了，她就可以独占全部遗产呀。”

“但是，不是这样的。”秋本从一旁插嘴道，“遗产的分配，会尊重遗嘱，但不会绝对遵照遗嘱。法律上有一个法定继承权，就是对于一部分遗产，遗嘱是没有效力的。就算遗嘱上写的是清美继承全部遗产，并不是说，雅之和弘惠就一分钱也拿不到。从这个意义上来说，中濑家的三个孩子都是在瞎操心啊。”

“什么呀，原来是这样啊。那清美小姐是够傻的，她就算什么也不做，也可以拿到三分之一的遗产嘛。”

“也许她的犯罪动机，并不在于遗产吧。总之呢，”秋本在白板上写了一个“仝”字，“这次好险啊，如果没注意到这个的话，事情就会变得很麻烦。”

“你可得感谢我呢！”弥生说。

“哦，原来是弥生小姐发现的啊，”秋本老人用欣赏的目光看着弥生，“您是怎么想到的？”

“因为A。”

“A？”

“北泽孝典死前留下的信息。其实他写的不是字母A，而是‘全’或‘仝’的上半部分。他写了一半就没有力气了吧。”

弥生是看到秋本在窗户上写的“全”字时突然想到的。弥生常常翻译公次郎先生的文件，所以本来就知道他常用“仝”这个字。

“原来是这样。确实看起来像字母A啊。”秋本老人点着头写了好几遍。

“这次可真是个复杂的案件，从开始到结束都在猜字谜。

这次确实多亏有你，谢谢你。”

“只有一句谢谢？你就没想过送我礼物什么的？”

“哦，对了，我忘了一件很重要的事。”秋本从兜里拿出一张纸条，“我听警察说，北泽预订了12月24日东京酒店的蜜月套房，还在顶层的法国餐厅订了位。”

“12月24日？那不是平安夜吗？”弥生挺直身子问道，“好厉害，东京酒店可是半年前就会被订满的。”

就算没有女朋友，也会提前订好平安夜的酒店，这已经是年轻男士们的趋势。如果不提前预订好，到平安夜那天就得去抢别人取消的房间。如果那个也抢不到的话，不光是没有去处的问题，还可能被女朋友给甩了。

“听说北泽一年前就预订好了，如果取消的话太可惜了，还是转给我好了。怎么样？反正你男朋友不在了，平安夜也没什么安排了吧？”

弥生气不打一处来，但她想到了一个点子。

“我陪你吃法国菜，但是酒店先保留，我吃完法餐再考虑。暂时先别改。”

“哦？难道有戏？”秋本很意外，他本来只是开玩笑说的。

“是啊，到底会怎样呢？”弥生故作神秘。

当然，她可没打算跟秋本去住。回头她要给几个男性朋友打电话，有几个笨蛋到现在还没订上平安夜的酒店呢。

超级豪华酒店的蜜月套房——可以卖到多少钱呢？好期待啊。

REIKO和玲子

1

傍晚时分，中午开始的雨越下越大了。雨水哗哗地打到地面上，泥水像小河一样流入路两旁的排水沟。

一个年轻女孩打着伞站在路边。这条路很窄，没有路灯。唯一的光源是路边一家居酒屋门口的自动售货机和公用电话亭。女孩站在离灯光很远的暗处。

这时，出现了一个人。一个胖胖的中年男人。男人打着黑伞走过女孩身边，无所顾忌地盯着她的脸和身体。女孩低着头，面无表情。

男人走到居酒屋前的自动售货机前，从灰色裤子的裤兜里丁零当啷掏出一把硬币。他把硬币拿到投币口，咂了一下嘴。

男人又把硬币放回口袋，把几台售货机都看了一遍。好像有什么不合意的，男人抬起穿着长筒靴的脚在售货机上踢了一下。

“什么鬼东西！”

不知道是骂售货机，还是自言自语，还是说给女孩听的。女孩依然没有表情。

男人转悠了一会儿，终于离开售货机，按原路回去了。走过女孩身边时，他又一次很猥琐地把女孩从头到脚看了一遍。

中年男人回去的方向，出现了另一个男人。一个穿着米色西装的高个子男人。

男人好像意识到有人，抬起伞看了一眼，然后毫无反应地从女孩身边走过去。

这个男人也在居酒屋前停下了脚步，不过不是自动售货机，而是公用电话亭。男人用脖子和肩膀夹着伞，很费劲地从兜里掏出一张纸条，放到了电话机上。然后插入磁卡，拿起了电话筒。

女孩抬起脚步，挺直身体，踩着机械的步子，来到了男人身后。

男人似乎察觉到背后有人，拨完号码回过头来。和女孩四目相对的一瞬间，男人脸上露出了错愕的表情，同时，出现了另一种惊恐的表情。男人正要张嘴说些什么，女孩扑向了男人的怀里。男人的身体抖了一下，拿着伞和电话听筒的手松开了。电话听筒吊在半空，撑开的伞掉在地上，像陀螺一样打着转。

男人双手抓住了女孩的双肩。远远望去，他们就像是一对相拥的情侣。但是，男人的表情开始扭曲，他张了张嘴，却没有发出任何声音。

女孩放开了他。男人迈了一步，两步，然后扑通一声两膝着地倒了下去。他的胸前插着一把水果刀，血不断地从伤口流出。倒在地上的男人，痛苦地扭动着身体，像一条蛇。

女孩站在一旁，静静地看着他。雨下得更大了，雨水毫不怜悯地打在男人的身上。终于，男人停止了挣扎。女孩蹲下来握住了刀柄，男人没有反应。女孩拔出了刀子，伤口一点一点地渗着血。

女孩把水果刀用手绢包好，放进了提包里。然后撑起雨伞，一边走一边转着伞柄，消失在夜色中。

2

浅野叶子开着车回到公寓楼下时，已经过了凌晨三点。雨小了很多，叶子把车窗的雨刷调回了正常速度。

叶子住的地方在停车场的最边上。蓝色的奔驰车倒车入库后，下车后打开雨伞正要回家的她，突然停住了脚步。旁边的自行车棚里，有一个人蹲在地上。

叶子小心翼翼地走近一看，原来是个年轻的女孩。女孩上身穿着白衬衫，下身是飘逸的红色长裙。这种裙子现在很少见了。女孩坐在一个废弃的防滑轮胎上，双手抱着膝盖，脸深深地埋在两膝之间。

“你在这干什么呢？”叶子试探着问。但是女孩一动也没动。叶子又走近了一些，轻轻地摇了摇女孩的肩膀：“你没事吧？”

女孩终于抬起了头，她的五官，比叶子预想的还要年轻。大概十六七岁吧，也许更小。她苍白的双颊和一对眼尾上扬的眼睛，让叶子印象深刻。女孩迷迷糊糊地眨了眨眼睛，看到叶子后神色戒备地问：“你是谁？”

叶子叹了一口气：“是我先问你的吧，你为什么坐在这里呢？”

“我走得好累，想休息一下……”

“走得很累？”

女孩点点头：“嗯。这儿有棚子，不会淋到雨。”

“你从哪儿走过来的？”叶子问她，“你一个女孩子，为什么要大半夜的走这么多路？”

“因为，”女孩露出悲伤的神色，“因为我没地方可去，只能一直走一直走……”

“没地方去？你离家出走了吗？”

女孩摇摇头：“我也不知道……”

“不知道？”叶子很是不解，“什么意思？你不知道自己在做什么吗？”

“就是不知道嘛，我也没办法……”

女孩又弯下身体，把脸埋在两个胳膊中间。

叶子故意长叹了一口气：“那就算了，你从哪儿来，本来就不关我的事。你自己小心，别感冒了！”

叶子转过身，往家的方向走去。走到楼梯口时，她又回头看了一眼，女孩依旧保持着刚才的姿势。

叶子又走了回来：“我送你回家吧。你家在哪里？”

但是女孩什么也没说，只是晃动着身体摇了摇头。

“到底怎么回事？是不想回家吗？但是，待在这里也不是个办法啊。放心，我会帮你跟家里人解释……”

这时，女孩抬起头，她已经泪流满面，泪珠还在不断地涌出眼眶。叶子张着嘴，要说的话又咽了回去。

“我也不知道，我什么都不记得了……”女孩哭着说，“我是从哪儿来的，我要到哪儿去，还有……我到底是谁，我住在哪儿，全都想不起来了。”

“什么……？”叶子低头看着她，张口结舌。

“我恢复意识的时候，发现自己在走路。但是，我为什么半夜一个人在外面，我自己也不知道。”

女孩痛苦地抱住脑袋，看起来不像是在撒谎。难道她失忆了？

“总之，”叶子说道，“总之，你不能再待在这里了，把你一个人留在这儿，我也不放心。”

“那我应该怎么办？”

“先去我家吧，我至少可以给你提供休息的地方。”

女孩哭红的眼睛看着叶子的脸，看来她还是有点不放心。

“别担心，我又不会吃了你。”叶子苦笑着说，“你要是不喜欢我家，随时可以走。”

女孩迟疑了一会儿。如果这女孩真的是失忆了，现在一定很害怕很无助，那么叶子的邀请对她来说，应该是难得的帮助。但是，失忆不代表失去判断力。叶子是不是一个可信赖的人，她正在努力做出判断吧。

沉默了一会儿后，女孩终于起身说："我想喝点热的东西。"

“我也是，咱们喝点红茶吧。”叶子点点头说。

3

尸体是一个夜班出租车司机发现的。他是从闹市区拉了个客人，送完客人，然后在返回闹市区的路上发现的。

“当时快两点了。我想买罐咖啡提提神，所以走了这条道。我平时一般不走这里的。然后，我发现有个人倒在地上，而且已经死了，真是吓死我了。”

出租车司机给警官描述着。他大概每天的生活都很枯燥吧，这事好像让他很兴奋。

“当时周围没有人吗？或者，你去居酒屋买咖啡的路上，没碰到什么人吗？”年长的警官一边忍着哈欠一边问。他从睡梦里被叫起来，到现在还没有清醒过来。

“不知道，好像没什么人。不管怎么说，凌晨两点没有人也很正常吧。”

警察一看到尸体，就确信这不是自杀。因为，尸体的前胸有刀口，鉴定科鉴定的结果是单侧刃性利器，也就是单刃刀。并且刀面不太厚，可能是大一点的水果刀。

“血迹呢？现场没有溅多少血啊。”警官问鉴定员。

“基本上没有，”鉴定员回答说，“刀子是人死了以后拔出来的，心脏的血泵已经停了，所以没有溅血。”

原来是这样，警官点点头。

根据死者随身携带的身份证等，死者的身份很快就查出来了。他叫前村哲也，在证券公司上班，今年二十九岁。西装是阿玛尼的，手表是劳力士的。警官心想，这小子不到三十岁就这么奢侈呀。不过这个不重要了，因为案件已经确定不是劫财。

死者不住在这附近，而且公用电话上插着磁卡。这说明他是来这里找人，给那个人打电话的时候被袭击的。电话机上有一张白纸条，上面写着一个电话号码。

年长的警官推测，既然他半夜到访，对方应该是一个女人吧。那么，他的情人应该就住在附近。当然，凶手不一定就是那个女人。

很快，警察们在附近找到死者的车，是一辆深蓝色的丰田车。一个年轻的警官说，这车至少要六百万日元。薪水微薄的警官们板着脸做着记录。

死者的死亡时间，大约是凌晨一点到两点之间。出租车司机是将近两点才发现尸体的。虽说是半夜，也不可能死了几十分钟都没人发现。所以，死亡时间大约是一点半以后。

对附近居民的调查，要等到天亮才能开始。但是，对于找到确切的信息，警察们不抱什么希望。大半夜的，这条路本来行人就少，而且当时在下大雨。就算有什么动静，恐怕也没人能听到。

“先休息一会儿吧，天亮之前雨应该会停。”辖区片警抬头看着天色说。

片警猜得没错，一大早天就晴了。警察们按照上级的指示，对附近的居民挨家挨户进行了调查。很多居民看到警察上门一脸茫然，他们根本不知道附近有人被杀了。警察问凌晨一点到两点，有没有看到可疑的人，有没有听到异常的声音。他们都回答说当时在睡觉，没有注意。

但是，很快，警察找到一个重要的证人。附近一家书店的老板，说他昨晚看到过被害人。

他说，昨晚两点前，他去居酒屋买罐装啤酒，没想到所有的售货机都显示“暂停售货”。本来，晚上十一点到早上五点，自动售货机是禁止卖酒水的。但是，酒水是重要收入来源，所以很多店家都不会严格遵守。而最近，由于青少年饮酒的问题，管制越来越严了，店家们不得不停止夜间卖酒。他那天忘了这件事，所以没买到啤酒。他看到被害人，就是在往回走的路上。

“你确定是这个人吗？”警察拿着照片向他确认。警察拿的是前村放大了的身份证照，今天的调查都是用这张照片。

书店老板非常肯定地点了点头：“没错，就是这个人。我当时觉得大半夜的很奇怪，所以仔细看了他的脸。”

“当时他是一个人吗？”

“是一个人。”

“那他有没有什么不对劲的地方？比如说很着急之类的。”

“哎呀，这个我没注意。”

“他手上有没有提着什么东西？”

“让我想一想，好像是空着手吧。一只手插在口袋里，一只手打着伞。”

“你昨晚看到的，只有这一个人吗？”

听到警察这么问，书店老板探出身子说：“对了，我还看到居酒屋旁边站着一个女人。与其说是女人，不如说是女孩。”

“女孩？大概多少岁？”警察也凑近了脸。

“嗯……大概是高中生吧。挺漂亮的女孩。我一开始以为是拉客的，又觉得拉客的话不可能选在那地方。”

书店老板色眯眯地笑着，用舌头舔了舔嘴唇。他说的拉客应该是指卖淫活动，也许他还跟那个女孩搭讪了吧，警察心想，但没有说出来。

“她当时在做什么？”

“什么都没做，就站在那里。好像是在等人吧。”

“她手上拿什么东西了吗？”

“这个，不记得了。”

“穿的衣服呢？”

“很……普通，不过不是紧身的。”

“你说她很漂亮，那你记得她的长相吗？”

“记得。她的脸，有点像洋气的玩具娃娃。”

书店老板还是一副色眯眯的样子，看来他毫不客气地从头到脚看了一遍。

“还有什么身体特征吗？比如个子很高，或是很瘦之类的。”

“个子不矮，也不瘦。现在的女孩发育得真好啊，已经长得亭亭玉立了。嘿嘿，要是再穿上紧身衣，就是真正的女人了。”

警察可以肯定，这家伙一定是把那女孩从头到脚看了一遍。当然，这对办案是有好处的。

根据书店老板的描述，警察画出了那个女孩的肖像图。书店老板看到后，也拍着胸口说，这图跟真人一模一样。

警察们每人拿着一张肖像图，开始了搜查。

4

叶子醒来后看了一眼时钟，刚过八点。往常，她每个周六都会睡到中午，况且昨晚睡得那么晚，看来自己还是有点不平静。

叶子穿好衣服走出卧室，看到客厅沙发上，那个女孩正在酣睡中。桌子上放着半杯牛奶，昨晚女孩喝着牛奶，聊着聊着就睡着了。叶子从隔壁房间拿来毛毯给她盖上，把沙发的靠垫放到她脑袋下当枕头时，她都没有醒过来，看来是真的累了。

洗手台前，叶子一边洗脸，一边想起女孩说的话：什么都不记得了，意识恢复时发现自己在路上走着。叶子问她对这一带有没有印象，她说好像来过又好像没来过。

叶子无法相信会有这种事，可是女孩神情忧郁地说，这是真的。

叶子刚洗完脸，突然听到客厅传来哭声。她急忙跑出洗手间，看到女孩在沙发上一边扭动身子一边哭。

“你怎么了？醒一醒！”

叶子抓住她的肩膀摇晃着。女孩停止了挣扎，慢慢睁开眼睛。她的眼球布满了血丝。

“你怎么了？”叶子又问了一遍。

“啊，我……”女孩茫然地说，“我……昨天你把我带到这里的，对吧？”

“是啊，你说你失忆了。刚才是不是想起什么了？”

女孩的眼睛空洞地望着前方：“我好像梦见了什么。我穿着初中的校服……哦，在为文化节做准备。”

“文化节？”

“放学后，我留在学校准备服装，我们班要在文化节上表演话剧……”女孩眉头紧锁，用手按住太阳穴，好像是头痛，“不行了，其他的我想不起来了。啊，好难受……”

“我给你倒杯水。”

喝完一杯水，女孩的情绪缓和了一些。

“对不起，给您添麻烦了……”女孩把水杯还给叶子，“请让我用一下您的浴室。我冲个澡，洗个脸，然后就走。”

“你有地方可去吗？”

女孩摇摇头。

“那你怎么办？”

女孩拿过沙发靠垫，放在膝盖上抱着。

“我再去那个地方转一转，也许能想起什么。”

“这办法可不怎么高明呀。”

“但是，也没有别的办法了啊。”

“咱们冷静地想一下，”叶子竖起一根食指，“首先，要找线索。当时你手上没有拿着什么东西吗？”

“这个……我也不知道。”女孩歪着脑袋，似乎想不起来。

“昨晚我发现你的时候，你身上没有淋湿。这说明，你是打着伞走过来的。伞放在哪里了，你还记得吗？”

“伞？”随即女孩的眼睛闪过一丝光，“我想起来了！我确实是打着伞的。右手打着伞，左手拿着提包……”

“提包？”叶子急忙问，“你还有这样的东西？”

“对，我记得有。伞和提包，后来放哪儿去了呢。”

“你在这等一会儿，我去自行车棚看看。”

叶子走出家门，走进自行车棚。她很快就在昨天女孩坐的轮胎后面，找到一把伞和一个提包。白色的提包敞开着，有一支唇膏快要掉出来了。

叶子拿着这些东西回到家里时，浴室里传来淋浴的水声。

过了一会儿，浴室的门开了。女孩用浴巾擦着湿头发走出来，脸上通红通红的。

“我用了您的洗发水和洗脸皂。”

“用吧。对了，这个你有印象吗？”

看到她拿出来的提包，女孩点了点头。

“就是这个，是在车棚找到的吗？谢谢。”

“幸好没让野狗叼走。”

叶子坐在沙发上看着报纸，女孩洗完脸回到客厅。叶子眼前一亮。女孩虽然只是洗了脸没有化妆，但是她洋娃娃一样可爱的脸上，增添了一份魅惑之美。

“丑小鸭变天鹅了呀。”叶子说。她羡慕着女孩的青春活力。“还以为是哪里来的公主呢！”

女孩在对面的椅子上坐下，打开提包，底朝天全部倒了出来。钱包、餐巾纸和钥匙掉在了桌子上。钱包是古驰的，不过这在现在的女高中生当中并不少见。

“看来能找到一些线索啊。”

“但愿如此。”

女孩不安地打开钱包，里面是几张一千日元的钞票，还有一些零钱。除此之外，有一张电话卡，其他没有任何能证实她身份的东西。

女孩看到钱包，小声惊呼道：“这儿写着字母。”

“哪里哪里？”叶子也朝里看，发现钱包的内侧刻着“REIKO（玲子）”，应该是买的时候店里给刻的。

“看来你的名字叫玲子，挺好听的呀。”

“这真是我的名字吗？”

“不是也没关系，暂时就叫你玲子吧。没有名字的话，总是不方便。”叶子拿起桌上的钥匙，“这把房子钥匙，可能是你家的吧。”

“我家会是什么样的呢？”

“你就像在说别人家一样。”叶子把钥匙放回了桌上，“没办法了，只有照你说的出去走一走了。把你走过来的路线，反方向走回去吧。这样的话，也许能回到你恢复意识的地方。”

“不知道有没有用……”

“谁知道呢，先试一下吧！不过，在那之前——”叶子拍了拍膝盖站起来，“首先要填饱肚子，肚子饿的话脑子就不好使了。”

“啊，太好了。”女孩笑着说，“我都快要饿死了。”

“你也来搭把手吧，炒鸡蛋你应该会吧？”

“放心吧，”她站起来，“鸡蛋我最拿手了。”

“最拿手？”叶子看着她，“你记得这种事情啊？”

女孩也觉得不可思议：“是啊，好奇怪。但是，我就是觉得自己很擅长做鸡蛋。”

“鸡蛋有的是，如果真的能让你恢复记忆的话，你就尽管做吧！不过你要自己吃，我正在减肥呢。”

玲子笑着点点头。

5

上午，警察们已经确认清楚了，前村哲也有一个分居中的妻子，叫加津子，住在一个单身公寓里。警察们去找她问话时，她刚穿好鞋，正要出门上班去。据说，她在附近的化妆品柜台上班。也许是因为职业关系，她的妆容很精致，使端正的五官看起来更有立体感。

她听说前村被杀了，惊讶得张大了嘴，脸色都变了。“不会吧？”

“很遗憾，是真的。”警察例行公事地说。

加津子一动不动地站了一会儿，然后用手扶住鞋柜。

“是谁杀的？为什么？”

“现在还不清楚。”

她深深地叹了一口气。

“他被杀了……这……怎么可能呢？”

这个消息，似乎让她不知所措。她反复地说，真是无法相信。但是，她看起来并没有很悲痛。

警察问她：“从案发现场来看，凶手好像不是临时起意或是抢劫钱财，您能提供什么线索吗？”

加津子低着头，摇了摇头。

“我怎么可能知道，我们已经分居半年了。”

“您最后一次见他，是什么时候？”

“什么时候来着，我们好久没见了……对了，您稍等一下，我得给工作的地方打个电话。”

“啊，请。”

加津子脸色苍白，脱了鞋走进房间打电话。在电话里，她还算冷静地解释说，有亲戚去世了，需要请两天假。

她刚挂完电话，警察就问她：“您最后一次和您丈夫电话联系，是什么时候呢？”

“大约一周前，是他打过来的。”

“方便的话，请把通话内容告诉我们。”

她有点犹豫地说：“是离婚的事情。他太自私了，竟然让我净身出户。可是，我坚持要精神损失费。所以我们又吵起来了，结果没说到一起就挂掉了电话。”

“精神损失费，您是说分居的责任在于您丈夫？”

“是的，没错。他——”加津子停顿了一下继续说道，“他在外面有女人。每天回来得很晚，有时候甚至夜不归宿……他说他住单人小旅馆了，我觉得他在撒谎。”

“觉得……？也就是说，他不承认自己有情人吗？”

加津子点点头。

“他总是装傻，但是我都知道。有一次，他衬衣的扣子快掉了，结果过几天就有人给他缝好了。我问他是谁缝的，他说是公司的女同事。这种话谁会信呀？我就问他那个女同事的名字，结果他假装生气，说我无理取闹，不相信他。这种事发生了好几次，后来我也不想再跟他过了，所以半年前就搬出来住了。”

“那您知道那个女人是谁吗？”警察问。

加津子无奈地摇摇头：“我也想抓住他的把柄，可是一直没办法。到底是什么女人呢？我想过找私人侦探所去调查，但是听说收费很高，所以拖拖拉拉的就到今天了。”

“如果您丈夫真的有情人，您马上就会知道了。”警察说。

随后，警察让加津子和他一起去警察局确认遗体，并做一些详细的记录。她有点不情愿，但没有拒绝。

结果，加津子在警察局待了大约两个小时。确认遗体很快就结束了，警察又问了她很多有关她丈夫婚外情的问题，但没有得到什么有用的信息。

最后，警察给她看了那张女孩的肖像图，加津子说没见过她。她还反问警察："这就是他那个情人吗？"

"不，现在还不确定。只是有人在案发现场看到过她。她太年轻了，不大可能是情人。"

加津子又仔细地看了一遍肖像图说："对，我也觉得不是。"

"为什么呢？"警察问。

"这女孩不是他喜欢的类型。"

加津子扬起下巴，似乎是说，这才是我丈夫喜欢的类型。

6

"怎么样？想起什么了吗？"叶子问玲子。她们按照玲子昨晚的路线，倒着往回走。

玲子摇摇头："不行，我还是想不起来。"

"咱们再往前走一点。"

这是一条很窄的路，不时有大卡车驶过。路两旁有护栏。玲子说她昨晚走的就是这条路。

再往前走一点就是一个十字路口，准确地说是一个丁字路口。因为正前方那条路非常窄，所以是禁止大车通行的。

"你昨晚是从哪个方向来的，能记起来吗？"叶子问。

玲子不确定地指了指正前方的路："我感觉是从那边过来的。"

绿灯亮了，她们穿过马路继续往前走，这时玲子开始不确定了。

“我有点晕了。我对这里有印象，但是，我想不起来自己是怎么走到这里的……”

看来玲子失忆的原因，就在这附近。叶子看了看四周，发现有一个卖香烟的小店。

“你在这里等一会儿，我去问问昨晚发生了什么事。”

叶子让玲子在电线杆下等着，自己朝那个小店走去。一个穿着灰色西装的男顾客，正在给看店的老婆婆看什么东西，好像是一幅画。

“只要是年纪差不多的都行，长得不像也没关系，您没有看到过吗？”男人问老婆婆，老婆婆有点不耐烦地说：“现在的女孩，看起来都一个样啊。”

“那就把你知道的名字全都告诉我。”

“我哪里知道她们的名字呀，总不能让我一个个去问吧。——来啦，您好，欢迎光临！”老婆婆看到叶子，讨好地笑着打招呼。

“请给我拿包烟。”叶子递去一张千元钞票。她本想买完烟向老婆婆打听打听，但是她很快就惊呆了。因为她看到了男人手中的画，上面画的人和玲子一模一样。叶子调整了一下呼吸，装作不知道地问：“这是什么画呀？”

“哦，没什么。”男人慌忙把画收起来。“老人家，您要是想起什么了，记得联系我。”

“行，我知道了。”

男人走了，老婆婆把香烟和零钱放到叶子面前说：“听说今天早晨附近有人被杀了，他就是在问这个。”

“被杀？”

"据说是一个年轻男人，胸口插了把水果刀。一上午警察来了好几回，问我们有没有看到可疑的人，有没有发现刀具。"

"刚才那幅画呢？"

"哎呀，我也不知道，可能是疑犯吧。好像是个年轻女孩，现在的孩子太可怕啦……"

"哦……谢谢了。"叶子的手心已经流汗了。

叶子拿着香烟回来了，女孩正坐在电线杆下面等她。叶子的手放到她肩膀上时，她的身体抖了一下。

"没有收获。咱们先回去吧。"

"为什么？"

"我想到了一件事，咱们回去商量商量。"

"好。"

叶子带着玲子往回走时，比来的时候多了一分紧张感。附近很有可能有警察，要是在这被发现可就不妙了。

到了公寓楼下，叶子把钥匙交给玲子让她先进去，然后自己向自行车棚走去。

叶子仔细地检查了轮胎附近，在堆起来的轮胎中间发现了一个手绢包着的东西。她打开一看，里面是一把水果刀，刀刃上粘着乌黑的东西。

果然是这样，叶子不禁自言自语。

把刀子重新包好放进包里后，叶子又一次往外走去。她要去看一下案发现场。走到半路，她发现一个公用电话亭，于是走了进去。

叶子是打给她的恋人，藤川真一。真一是一名外科医生。

跳过一切寒暄，叶子直接说："你马上来我家。"

“哎哟，太阳从西边出来啦？除非有什么大事，你可是不会轻易让我过去的呀。”真一像平常一样开玩笑说。

“有大事了。你快点，拜托了！”叶子说完就挂断了电话。

打完电话，叶子穿过刚才那家小店，朝前面一家居酒屋走去。居酒屋门口站着一个警察，案发现场估计就在这附近。

叶子走进居酒屋，一边假装选酒，一边向店主打听。秃头的店主不耐烦地说，这件事情传得也太快了吧。

“听说是用水果刀？”

“是啊，说是打着电话被杀死的，电话听筒还挂在半空中呢。”

“这样啊……”叶子买了一瓶红酒走出居酒屋。外面有两个警察在到处转悠。叶子想过去打听点搜查的情况，但是怕引起怀疑。万一被搜身的话可就麻烦了，那把刀还在她包里呢。她决定先回家去。

回到公寓，叶子发现玄关的门没有上锁。她一边说“我回来了”，一边打开门。就在这一刻，卧室传来一声尖叫，她急忙脱掉鞋子冲进卧室。

真一不知所措地站在卧室中间，玲子俯身蹲在床对面，全身发抖。

“喂，叶子，这到底是怎么回事？”真一问。叶子没回答他，而是冲到玲子身边。玲子非常惊恐，不停地哭叫着。

“别怕，这个人是我朋友。”叶子摇晃着玲子的身体。但是玲子继续喊叫，就好像完全看不到叶子一样。

“你醒一醒！”叶子用力拍打她的脸。终于，玲子像发条断掉的玩具娃娃，一下就安静了下来，筋疲力尽地闭上了眼睛。

"你对她做什么了？"把玲子扶到床上睡下后，叶子问真一。

"没有啊，我进来看到她，刚问她一句你是谁，她就开始失控了。"

"你怎么这么快就到了？"

"是你让我赶快的呀，你说的大事，就是这个睡美人吗？"

"没错，我们出去说吧！"

叶子把真一带到阳台上，告诉了他事情的来龙去脉。

真一吃惊地睁大了眼睛："你说什么？！那她就是杀人犯喽？"

"你小声一点！"

"你为什么不把她交给警察？"

"你想想，她失忆了，连自己杀人都不记得了，你让我怎么劝她自首？"

真一抱着胳膊看着叶子："也对，我明白你的意思。咱们也不能跟她说，你是杀人犯。"

"当然了，没有用的。"

"那么，"真一扶着阳台的栏杆，"只能想办法让她恢复记忆了。"

"所以我才叫你来的。有没有什么办法可以恢复记忆？"

"喂喂，我可是外科医生啊。不，就算我是精神科医生也一样。目前不存在什么特效药，可以直接恢复人的记忆。所以，最关键的是，要找到她失忆的原因。"

"原因可能就是杀人行为本身吧。比如说，她杀了人之后，精神上受到刺激什么的。"

"也许吧。不过，她失忆的地点，离杀人现场还有一段距离，这个有点不好理解。”

商量来商量去，也没有商量出什么结果。两人回到房间时，发现玲子面朝墙壁呆呆地坐着。

“你醒啦？”叶子问。

玲子慢慢地转过身来，叶子吓呆了——玲子的手里握着一把菜刀，好像是从厨房里拿的。更让叶子害怕的，是玲子的眼神。她目光冰冷，没有一丝感情，和刚才完全不同。

“你怎么了？刚才跟你说了呀，这是我朋友——”

叶子没有说下去，玲子用菜刀对着自己的喉咙，用一种毫无抑扬的声音说：“我要见早苗。”

“早苗？”叶子问。这时真一动了动，但是叶子用眼神制止了他。“早苗是谁？你恢复记忆了？”

“去把早苗找过来，马上带到这里，否则——”玲子用两只手握紧菜刀，“我就去死。”

叶子和真一面面相觑，他们不明白，玲子为什么会突然这样。

“好，我去给你找早苗，她住在哪儿？”

“公寓。”

“哪儿的公寓？”

“一丁目三番地十五号××高层203室。”

她说的地方离这里不远，而且，就在那个杀人现场附近。

“好，我去把她找来。真一，你在这里看着她。”

“我不要男的！”刚才还面无表情的玲子，突然变得歇斯底里。“我不要和男的单独在一起！”

叶子吃惊地望向玲子。玲子用憎恨的眼神看着真一。

“行，那我去。”真一说。

“你知道地方吗？”叶子问。

“没事，交给我吧。”真一在叶子耳边低声说，“她这是多重人格症。”

7

根据留在公用电话上的纸条，警察查出了前村哲也是打给一个叫市原早苗的女性的。于是，两名警察前往早苗住的公寓。那个公寓，距离案发现场，走路只要一分钟。

早苗是一个英语老师。她今天休息在家，穿着休闲的运动衫和牛仔裤。

她一听说两人是警察，就问：“玲子出什么事了吗？”

“玲子？玲子是谁？”中年警察反问。

“是我的一个朋友，是个女孩。她今天失踪了。难道你们不是因为她来的？”

警察和同伴交换了一下眼神，从兜里拿出一张画：“是不是这个人？”

他拿出来的，就是那张肖像图。早苗惊恐地问：

“对，就是她。发生什么事了吗？”

“您先告诉我们她的名字，她是哪里的什么人。”

“哪里的？……就是我隔壁。”

警察看了一眼隔壁的门牌，上面写着“山下”。

早苗告诉他们，那个女孩叫山下玲子。

“她是山下奶奶的外孙女。警官，究竟发生什么事了？”

警察没有回答她，而是按响了隔壁的门铃，但是半天都没人开门。

“她应该是因为玲子的事去儿子家里了。今天早晨山下奶奶起床，发现玲子不见了。她说昨晚十点左右她睡下的时候，玲子还在家里呢。”早苗解释说。

中年警察向年轻警察使了一个眼色，意思是让他到附近取证。年轻警察急忙走了，中年警察对早苗说：

“实际上，昨晚附近发生了一起杀人案件。一个叫前村的人被杀死了。前村先生，您应该认识吧？”

“前村？不认识。”早苗不假思索地说。

警察有点吃惊：“不认识？不可能啊，前村先生昨晚是给你打电话的时候被杀的。”

“昨晚？可是我昨晚不在家呀。”

“你去哪儿了？”

“我和别人见面去了，是一个同事，叫添田。”

“是男性吗？”

“是的，”早苗低下头，抿了一下嘴唇又抬起头，“是我未婚夫。”

“这样啊……”警察也搞不清楚了，他本以为早苗是前村的情人。

他把前村的照片拿出来给早苗看：“就是这个人，您真的不认识吗？”

早苗拿着照片看了一会儿，但最终还是摇头：“没见过。”

“奇怪了，那他为什么要给你打电话呢？”

“我也不知道。这个……和玲子有关系吗？”

“现在还不确定，但我们怀疑有关系。”

警察告诉她，有人在案发现场看到过玲子。

早苗露出无法相信的表情：“她怎么可能……”

“也许您没法相信吧，不过确实有人在那儿看到过她，所以才会有这个肖像图。对了，玲子和您是什么关系？”

“算是关系好的邻居吧。玲子把我当姐姐一样，经常来找我玩，有时会住在我这里。”

“住在这里？住在邻居家里？”

“是的。”早苗低着头点了点头。

“她是高中生吗？”警察问。

“不，她已经不上学了。”

“哦？她才十几岁吧？”

“是的，大概十六岁吧。”

“那她是初中毕业就工作了吗？”

“也不是，好像还有其他原因。”早苗欲言又止。

“哦……”警察看出她不方便多说，那就到时候问女孩的家长吧。

“那最近山下玲子有没有什么不正常的表现？”

“这个……”早苗沉默了一会儿，最后还是摇了摇头，“好像没有。”

问完话后，警察又拿出了前村的照片：“不好意思我再确认一遍，您真的没见过这个人吗？好好想一想。”

“我真的不认识。”早苗急得快要哭了，警察只好放弃。

离开早苗的公寓，警察联系了总部，上司让他继续监视。

年轻的警察回来了，他向中年警察报告打听的结果。确实有一个女孩和奶奶住在一起，至于为什么不和父母住，现在还不清楚。

两个警察把车停在公寓对面的停车场，开始监视早苗的住所。大约过了半个小时，一辆蓝色的奔驰车停在路边，车上下来一个三十五岁左右的男人。男人的装扮看起来没什么异样，但是他上楼之前环视了一下四周，两个警察为了不被发现，急忙低下身子。

过了几分钟，那个男人下楼了。一起的还有市原早苗。她的表情，似乎比刚才还紧张。

早苗坐进副驾驶座后，男人便发动引擎出发了。当然，两个警察也跟着出发了。

8

还真有啊，叶子看着玲子想，还真有多重人格啊。以前她只在小说和电影中见过。

叶子的职业病又犯了：如果她真是杀人犯，那可就很麻烦。她有没有刑事责任能力，在法庭上肯定会成为争论的焦点。叶子想起了刑法三十九条的规定。她是一名律师。

玲子一直保持着刚才的姿势。菜刀对着自己的喉咙，眼神空洞地看着远处。

“我能问问你吗？”

听到叶子这么说，玲子转过脸来。

“你为什么要杀人呢？”

玲子握着菜刀的手更用力了，呼吸急促起来：

“因为他抢走了。”

“抢走了？他抢走了你什么东西吗？”

玲子动了动脖子：

“重要的东西。我最重要的东西。”

“是那个人抢走的吗？”

“那个家伙……”玲子咬牙切齿地说，然后又摇着头说，“我搞错了，原来不是那个家伙。”

“什么意思？搞错什么了？”

“闭嘴！”玲子突然用菜刀指着叶子，然后又对着自己的喉咙。“不要再说了！否则我马上死。我是说真的！”

叶子叹了一口气，又坐回沙发上。她抬头看了一眼挂钟，真一出去已经超过十五分钟了。

又过了五分钟，玄关传来开锁的声音。门打开了，真一走了进来。他的身后跟着一个女人，长长的头发，长得很清秀。

“玲子！”那个女人睁大眼睛叫道，“你在这里干什么呢？大家都很担心你。”

“姐姐，”玲子的脸变得通红，“我好想你……”

“你手里拿的是什么呀，多危险，快给我。”

早苗走到玲子身边，玲子像小孩一样扭动身体：

“不要！姐姐讨厌，姐姐背叛了我！”

“背叛玲子吗？怎么会呢！姐姐什么时候背叛你了呀？”

“你骗我！你明明说过要陪着我的，明明说了不结婚的！”

“玲子，你别激动，听我说，求你了。”

“不要！我不听，姐姐是个大骗子！”

玲子的眼泪夺眶而出，打湿了她红红的脸颊，啪嗒啪嗒地落在地毯上。

“玲子，你冷静一点。你不是每次都听姐姐的话吗？今天也听姐姐的，好不好？”

早苗像哄小孩一样哄着玲子，拿着刀子的玲子一直在抽噎。叶子看着这一切，似乎明白了这两人的关系。

“玲子，就算结婚了，姐姐和玲子的关系也不会变。你还是可以来找姐姐玩，一切都不会变的！”

“骗人！姐姐肯定是喜欢男人！会和男人做恶心的事！根本不会在乎我的！”玲子大声哭叫着，菜刀划伤了她的喉咙。

看到红色的血流下来，真一已经要出动了，但是叶子立即制止了他。

“玲子，太危险了……”早苗恳求着。

“不要过来！”玲子大叫着，“姐姐不是说不需要男人的吗？为什么你要喜欢男人？男人比我还好吗？有什么好的？和男人做恶心的事有那么好吗？”

“不是的，玲子，你将来也会这样，喜欢上一个男人——”

“我讨厌男人！”玲子扭动身体，把身边的沙发垫扔了过来。“姐姐，你告诉我，那个男人叫什么名字？住在哪里？我要杀了他！他把姐姐抢走了，我不会饶了他！”

听到杀这个字，早苗的脸上露出绝望的表情。她似乎明白了，玲子已经杀了人。

“玲子……你，你已经杀了那个人吗？你为什么那么做呢？”

“他……他……把姐姐……”

“那是个陌生人呀！我根本不认识他！你也知道自己杀错人了吧？所以才问我未婚夫的名字，对吧？你杀的，是一个完全无辜的人！你，你知道自己杀的是谁吗？！”

玲子的动作停止了。她的脸，就像能剧的面具一样，突然没有了所有表情。

“不好了，”叶子低声对真一说，“她受刺激了。”

真一开始沿着墙慢慢移动。

几秒钟后，玲子痛苦地扭动身体，表情变得很吓人：“还不都是为了你！！”

说着她将菜刀稍微拿开，站直了身子，再用力地将菜刀刺向了自己的喉咙。

“不要！玲子！”早苗尖叫。

就在那一刻，真一从一旁扑向玲子，抓住她的手，试图夺下菜刀。

玲子像野兽一样吼叫着，抵抗着。真一的脖子被她抓破了，流出了血。

真一终于夺走了她手中的菜刀。玲子毫无目的地挣扎着、喊叫着。最后，她筋疲力尽地倒在地上。

“玲子。”早苗跑过去，抱起玲子。玲子全身无力，似乎已经失去了意识。

真一皱着眉头回到叶子身边：“真是不得了啊！”他的脸和脖子上，有三道抓痕。

“喂！浅野小姐！是不是发生什么事了？”

门外传来激烈的敲门声和男人的声音，叶子打开门一看，两个陌生的男人，神色紧张地站在门口。其中一个向她出示了警官证。

叶子很快就明白了，警察是尾随真一他们来的。

“您是浅野小姐吧？市原早苗小姐在您这里，对吧？”年纪大的警察问。

“是的，在。你们要找的那个女孩也在。”

叶子把警察带进房间。他们看到早苗和玲子，一时停住了脚步。

“这究竟是……”

“说来话长。但是，我还是得给你解释，对吧？”

叶子说这话时，玲子慢慢地睁开了眼睛。

“玲子，你没事吧？”

“我……我怎么了？”玲子摇了摇头，看看四周，然后看着身边的早苗，“你……是谁？”

9

也许是在医院里过得不错，玲子看起来气色很好。那个雨夜的笑容，又回到了她的脸上。有一个老人在照顾她，好像是她外婆，是一个瘦小的老太太。她多次向叶子鞠躬道谢，说给您添麻烦了。

在主治医生和警察的陪同下，叶子和玲子聊了一会儿。主治医生是个女大夫，老人暂时退出了病房。

叶子先聊了一些闲话，然后问道：

“你最近吃得怎么样？”

“很好，这儿的饭挺好吃的。可惜鸡蛋做的菜太少了。”

“你那么喜欢鸡蛋啊。上次你做的炒鸡蛋，很好吃哦。”

“那我再给你做，”说完玲子低下头，“不知道什么时候才有机会。”

“没事，也许要不了太久。”

“但是……我杀了人。”

“那不是你干的，是附在你身上的另一个人。”

“但是，结果还不是一样，精神不正常杀了人。”玲子抽泣着，“那个早苗小姐，我给她也添了麻烦，她肯定讨厌我了吧。”

“不会的，她很关心你。”

“真的吗？我想再见她一次，当面谢谢她。还能见到她吗？”

“一定可以。放心吧，交给我。”

女医生从椅子上站起来，表示时间差不多了。叶子向警察示意后，也站起身来。

“我还会来看你的，玲子。”

听到叶子的话，玲子转过头来，朝叶子微微一笑。这个状态下，还能有笑容，看来可以放心了，叶子心想。

走出病房后，叫作今西的资深刑警深深地叹了一口气：

“真是没办法啊，完全没有恢复记忆的迹象。现在这种状态，没办法让她录口供啊。”

“连您都没有办法了吗？您可是能让犯人自首的专家呀。”

“您别笑话我了。她不恢复记忆的话，这个案件就没办法查。她为什么要杀前村、前村有没有给早苗打过电话……”

“电话……啊。”

前村走进公用电话亭，玲子从身后走近他——叶子的脑海中浮现出这样的画面。

市原早苗说不认识前村，恐怕是真的。那么前村呢？前村认识早苗吗？他那么晚给她打电话，不可能不认识她。那张写着早苗的电话号码的纸条，是不是谁写给他的呢？前村给不认识的早苗打电话，究竟是要说什么呢？

另一方面，“另一个玲子”误以为前村是早苗的恋人。为什么她会认错人呢？

认错人？

对，前村也有可能是认错人。他打电话，并不是要打给早苗的。但是一不小心，他把电话号码记错了。

不，不对。

会不会不是不小心记错，而是被人故意设计的呢？

“那个，浅野律师，”今西的话打断了叶子的思考，“您打算做玲子的辩护律师吗？”

她微笑着说：“当然，再没有比我更合适的了吧。”

“是啊，也许是。”警察抠着耳朵说，“你应该会那个……抓住刑事责任能力这一点来辩护？”

“这个嘛，还不知道呢。”这也是一个办法，但是不止这个。“我想问您一个问题。被害人当晚的行动，都已经确认了吗？”

“已经都确认过了。那天他去大阪出差，坐最后一班新干线回来后，先去了公司然后回家的。据说他每次从大阪出差回来，都是这样的行程。看来，在企业上班也不容易啊。然后，他回到家以后开车来到案发现场的。”

“哦，每次都是这样的行程啊。”

“有什么问题吗？”

“哦，没有。再有问题的话，我还会联系您的，拜托了。”

叶子草草结束对话，就和警察告辞了。

走出医院后，叶子开着车前往早苗的公寓。她想确认一件事。

关于玲子的心理疾病，叶子已经从早苗和玲子父母那里听说了一些。据说原因是初中的时候发生的一件事。玲子在距家一公里的学校上学，每天来回都是走路。有一天，玲子为文化节做准备，很晚才回家。结果，她在回家的路上，遭到几个男人强奸。后来那几个男的被逮捕了，但是事情并没有结束。玲子精神上受到严重的创伤，以至于事发后几个月，她都没有开口说过一句话。等到她终于开口说话时，她整个人都变了。也就是从这个时候，她身上开始出现另一种人格。

她恨所有的男人，包括她的父亲。她不愿走出房间一步，也不去学校，每天只和玩具说话。

为了让她好起来，一年前父母把她送到外婆那里。因为那时候，外婆是最受她信赖的人。

这个办法很有效。玲子认识了隔壁的早苗后，跟她的关系越来越好。早苗同情玲子的遭遇，经常教她功课啊做饭啊织东西什么的。有时还会带她一起出去购物。玲子变得开朗起来。但是，对于早苗以外的人，她还是老样子。也就是说，她的世界里只剩下早苗一个人。

早苗说，她也曾担心过，这样下去对玲子不好。但是她不知道怎么处理比较好。就在这个时候，发生了一件不好的事。玲子知道了早苗谈恋爱的事情，她非常生气。为了安抚她的情绪，早苗只好骗她说自己不会结婚。

就是这个善意的谎言，引发了后来的悲剧。对此，早苗很自责。但是叶子觉得，这不能怪她。要怪也要怪没有责任心的父母，把孩子硬推给别人。玲子都这样了，她父母跟早苗连声招呼都没打过。真不知道是怎么想的，想起来就让人生气。

叶子到早苗家里时，发现她在家里。她说这段时间跟补习学校请假了。

“你也不要太自责了。”

“不光是因为那件事。刚好我也想借此机会好好休整一下。”早苗笑着说。

“对了，我想问你一件事。这样形容可能不太好，不过，玲子变得那么狂暴，除了她外婆和你，还有别的人看见过吗？”

“这个嘛……”早苗歪着脑袋想了想。

“特别是，有人知道玲子恨你的恋人吗？有没有呢？你仔细想一想。”

早苗认真地想了一会儿，突然说：“哦，对了……”

“你想起来了？”

“大概两个礼拜前，补习学校的一个男同事来过我这里。他急着找我办一个工作上的手续。他在我家的时候，玲子突然闯进来了。她好像误会了，拿起手中的伞就打那个人。我跟她说了好几遍，这个人是来办工作上的事，但是她根本不听……我当时很为难。”

“你后来怎么跟他解释的？”

“我跟他说了一下事情的原因。他倒是没有不高兴，还说真不容易啊。”

叶子拿起笔记本：“那个男的叫什么名字？能告诉我吗？”

“啊，可以……他姓福泽。”早苗一边回答，一边对女律师的问题感到不解。

10

这是叶子常来的一家店。真一像平时一样，正在吧台前等她。他的脸上和脖子上，护创膏已经擦掉了，隐约看得见上次留下的抓痕。

“等久了吧？”叶子坐到他身边，点了一杯波本威士忌加苏打水。

“你挺忙啊，那个案件已经结束了吗？”

“还没有，要看接下来的。虽然有点复杂，但是真相总算是慢慢出现了。”

“哦？她恢复记忆了？”

“还没有。警察很头疼，我也是。”

“人格分裂的REIKO和玲子，嗯，也就是说另一个玲子还没有现身。”

“她虽说是多重人格，但不是交替出现。自从遭到强暴以后，恐怕一直是狂暴的那个玲子支配着她的身体。几年后，她的人格恢复为原来的那个玲子。至于那个狂暴的玲子，谁也不知道什么时候才会再出现。真是麻烦啊，就算是警察，也没办法进入人的大脑。”叶子摇晃着酒杯中的冰块，压低声音说，“我知道前村哲也和玲子的关系了。”

真一转过身看着她：“果然有关系啊。”

叶子点点头："但是，有点复杂。那个早苗小姐工作的地方，有一个叫作福泽幸雄的工作人员。原来，他是前村加津子的情人。加津子就是前村分居中的妻子。"

"喂，喂，你再说一遍。"真一苦笑着说。

叶子又慢慢重复了一遍。真一用手指头蘸了水，在吧台的玻璃上画着人物关系图。

"哦，原来出轨的是她自己呀。你确定没搞错吗？"

"应该没错。我让一个认识的警察帮我查的。他看到过加津子进出福泽的公寓。"

"真没想到啊。那这说明什么呢？"

"首先，事情的起因是，有一天福泽因为公事，去早苗家里找她。"

叶子把早苗说的话转述给真一。

"哦，原来还有这事。"

"然后，接下来是我的推理。"叶子喝了一口苏打水润了润嗓子。"福泽把玲子的事告诉了加津子。他说：'加津子，这个人可以利用。'"

"利用？"真一皱着眉头，好一会儿才反应过来，"啊，叶子，你的意思是说，那个杀人事件是……"

"是被安排好的。"

"动机呢？"

"动机很简单。加津子说她是因为丈夫出轨才分居的，其实刚好相反。是她厌倦了现在的丈夫，在外面有了情人。可能这件事被哲也发现了。这样一来，该付精神损失费的，是加津子。"

“那她不想付钱，所以杀死了丈夫？”

“也不是。前村哲也收入很高，还有父母留下的房产。他应该不在乎加津子的赔偿，只想赶快离婚吧。另一方面，加津子虽然想离婚，但她还是有点舍不得。”

“舍不得丈夫的财产？”

“对。如果离婚前把丈夫杀死，她就能得到所有遗产。所以，福泽可能跟她说：‘这个人可以利用。’”

真一深深地点着头：“可能性很大。”

“我估计是这样：加津子首先联系前村，说有重要的事情要谈，让他礼拜五过来。并告诉他住址和电话号码，让他到了以后，先从附近的公用电话亭打个电话。”

“等一下，你说的住址是谁的住址？即便是分居，他也应该知道妻子的住址啊。”

“有可能。所以加津子可能会这么说：我最近有事，借住在一个朋友家里，你直接来这里找我吧。”

“哈哈，这样的话，”真一打了一个响指，“附近的公用电话亭，就是那个居酒屋前面的电话亭吧？他就是从那儿打电话给她，对吧？”

“对。但是前村有点为难，因为礼拜五他要去大阪出差。当然，加津子知道这件事，所以才故意选的那一天。她跟前村说，无论多晚都可以，你一定要过来，我等着你。”

真一嘿嘿笑着：“这台词不错啊，真想听你这么说。”

“你认真点。同时呢，那天加津子接近了玲子。对方是女性，玲子就会放松警惕。如果她自称是早苗的朋友，就更不会引起怀疑了。于是她就开始教唆玲子，说早苗的未婚夫今晚会来，来之前会在附近的公用电话亭打电话给早苗。”

“玲子信了她的话，所以在公用电话亭那里等着。这个时候前村来了，要打电话。他要打的，就是早苗的电话，对吧？”

叶子将杯中的酒喝完，又要了一杯。

“这是个非常巧妙而卑鄙的计划，你不觉得吗？他们置身事外，利用玲子的病达到自己的目的。太可恶了，我一定要让他们受到惩罚！”

“你说得对，但是没有证据啊。”

“问题就在这里，”叶子咬紧嘴唇，“这需要玲子的记忆。加津子一定和她见过面，只要玲子能想起来，就有解决办法了。”

“但是，加津子算什么罪呢？她只是跟玲子撒了一个谎而已，这不能构成玲子杀人的原因。她确实利用了玲子的心理，但也只能算是恶作剧吧。”

“所以说，需要另一个玲子作证。加津子当时跟她说的话，有可能构成教唆杀人罪。”

“看来，一切都需要另一个玲子出现啊。”真一拿起酒杯，没有送到嘴边，而是朝着叶子的方向。“狂暴的玲子杀死前村后，就回到原本的玲子的人格。也就是说，杀人这件事情，给她的精神造成了某种刺激吗？”

“关于这一点，已经有线索了。那天晚上，早苗和恋人约会去了。她男朋友送她回来的时间，就是玲子杀人之后不久。”

“哦？那他们彼此碰见过？”

“没有碰见。但是，玲子很有可能看到过他们。一对男女，是不是情侣，一眼就能看出来。玲子这才意识到自己杀错了人。这个打击进一步刺激了她。于是，多年没有出现的人格终于出现了——会不会是这样呢？”

真一沉吟道：“这很有可能，人的大脑是无法预知的。”

“不管怎么说，玲子被问罪是不合理的。她这种情况符合刑法第三十九条，她是在精神状态不正常的情况下杀的人，这个很多人都可以为她作证。就算是有罪，也应该是另一个玲子，不是现在的玲子。谁也不能判她有罪。”

真一摇晃着酒杯里的冰块，神色凝重。

“她有没有可能是假装的？”

“假装的？你是说，玲子假装自己有病吗？”

“假装多重人格的人，其实并不少。以前我听精神科医生说过。”

叶子点点头：“确实，很多人被逮捕之后，会假装有精神病，当然包括多重人格，所以要做精神鉴定。但是玲子不可能。她从两年前开始，就已经出现了多重人格。两年前哦，难道她这两年都是假装的吗？不可能的。”

“这个嘛……嗯，也许吧。”真一好像还是有点迟疑。

“你干什么呀，模棱两可的。”叶子刚说完这话，她包里的传呼机就响了。拿起来一看，显示的是今西警官的电话号码。

叶子离开座位，走到店里的公用电话旁，拨通了今西的号码。

“事态发生了变化，我也通知一下你。”资深的警官压低了声音，“前村加津子被杀了。”

什么？！叶子不禁提高音量：“什么时候？在哪儿？”

“今天傍晚发现的。是在她自己家中被勒死的。监控器里显示是福泽幸雄干的。我们一审问，他也坦白承认了。”

“怎么又……”

“他说加津子提出分手，他一生气就把她杀了。加津子刚刚死了丈夫，为了顺利继承遗产，她可能是想暂时扮演一下寡妇的角色吧。”

听到这些，叶子觉得浑身无力。这些人真够愚蠢的。

叶子回到座位上，把事情告诉了真一。真一做出要晕倒的动作：

“真是白痴啊，多完美的犯罪计划，全打水漂了。”

“我本想亲自揭发他们的，可惜了。”叶子拿过烟盒，抽出一支烟，放在嘴里。

真一拿起杜邦打火机，给她点上了烟。“不过，也挺好的。只要福泽自首了，利用玲子杀人的事，他也会坦白的。这样你的工作就好做了。”

“那倒也是。问题是，福泽会不会承认事情的全部呢？警察应该会有办法的吧。嗯，不过，还是觉得不甘心啊。本来可以在法庭上揭露这个前所未闻的案件，没想到疑犯却死了。”叶子吐着烟圈，她本来很期待，法官会怎么给多重人格的玲子定罪。

真一放下酒杯：“关于装病那件事……”

叶子苦笑道：“你怎么又说起这个？”

“你听我说嘛。假装自己是多重人格症患者，坚持说犯罪的是另一个自己，这种情况很多的。你想象一下，原本性格就狂躁的人，杀了人之后假装恢复镇定，然后说杀人的是狂躁的那个自己。”

“啊？”叶子看着恋人的脸，“你的意思是说……”

“我是说，现在的玲子，会不会是另一个玲子装出来的？”

叶子指间夹着烟，陷入了沉思。怎么可能呢。

真一却一改严肃的表情，笑着说：“是啊，怎么可能呢。算了，咱们不说了。”

真一举起手中的酒杯，叶子也拿起酒杯和他干杯。两个杯子碰在一起，发出清脆的声音。

这一刻，叶子的脑海中，突然浮现出玲子在病房时的那一抹微笑。

再生魔术的女人

1

婴儿在白布衫中酣睡着。看着他微微泛红的脸蛋，根岸峰和想起了水蜜桃。

“好可爱呀，像天使一样。啊，我高兴得快不行了，就像在做梦一样。”

根岸千鹤稍显笨拙地抱着婴儿，高兴地说个不停。婴儿的长相比她期待的还可爱，这让她更是欣喜若狂。

“您要好好学习育儿的方法。孩子肯定也会不安，不知道新妈妈能不能照顾好自己。”中尾章代微眯着眼睛，冷冷地看着千鹤叮嘱道。

“好的，您放心吧。对我来说，让这孩子健康成长，比什么都重要！”千鹤表决心般地回答。

中尾章代苦笑着说：“好了好了，也不要太着急了，日子还长着呢。”

“没错，要是操之过急的话，反而对孩子不好。”峰和也说。

“但是，”千鹤低头看着婴儿，无法抑制脸上幸福的笑容，她抬起头看着章代，有点怯怯地问，“请问，今天还有别的手续要办吗？”很明显，她迫不及待地想把孩子抱回家。

“是的，还有点事情。但是，您可以先带孩子回去，您丈夫留下就可以了。”章代说完看着峰和。

千鹤也充满期待地看着丈夫，峰和当然不能不答应她。他有点无奈，但没有表现出来。“那我留下就可以了，你先回去吧。你还有很多事要忙呢。”

“真的？太好了，那我就先告辞啦！”千鹤一边说一边抱着孩子从沙发上站起来。看来她真的是一刻也等不下去了。

“你小心点，别摔着了。”

“放心吧。我就算死，也不会让他受一丁点伤的。对不对呀？”

最后那个“对不对呀”当然是对睡着的孩子说的。

千鹤抱着孩子坐进奔驰车里，开车的是他们的私人司机。峰和和章代目送车开走。千鹤匆匆道了别，就再也没有回头。她的注意力全部集中在孩子身上了。

“看来，您夫人很喜欢那个孩子啊。”章代坐在沙发上说。他们已经回到房间，这里是她的家。

“我也很喜欢，真不知道怎么感谢您才好。”峰和低头向她鞠躬。章代摇摇头，让他不要客气。

“只要你们喜欢就好……”透过金框眼镜，中尾章代的目光从峰和身上移开，俯视着斜下方。

这个瘦弱的中年女人常常会陷入沉思，峰和已经看到过好几回了。所以峰和不由得猜想，她从事这个行业，难免有一些关于孩子的悲伤回忆吧。或者，也许她想起那个不得不把孩子送给别人的年轻妈妈吧。无论怎么样，但愿她不要跟自己说教、感慨孩子的问题，峰和心想。何况，对峰和来说，跟这个女人单独相处就已经很不舒服了。从第一次见面开始，他就发现自己不喜欢这个人。他尤其不喜欢她的眼神，总是透过眼镜死死地盯着别人。

当然，他不会表现出来的。他们夫妻二人多年来没有孩子，章代帮他们找到了一个领养的孩子，他们要感谢她才是。

峰和他们认识章代，大约是在半年前。有一天，他们收到章代寄来的一封信。她在信里说：我的工作是照顾安排那些无人认养的小孩。听说您二位想要领养孩子，可以的话请您把这件事交给我来办吧。

峰和觉得有点可疑，但是千鹤对这事很感兴趣。最终，两人还是去见了中尾章代。他们初次来章代的家就是那一次。

中尾章代告诉他们，这些孩子的母亲，大多是未成年人。她们还不具备基本的生理知识，就和异性发生了性关系，结果导致怀孕。很多女孩子一开始不敢告诉家人，于是就错过了能做人工流产的时间。现在的日本，这种情况非常多。章代说她做的一切，既是为了帮助那些女孩子，更是为了挽救那些小生命。有时她会在国外找领养人，这样的话，生了孩子的少女的户籍上，就不会留下任何记录。

通过细致的了解，他们决定请章代帮他们找领养的孩子。过去的经历告诉他们，靠自己找是非常困难的。

于是，半年后，他们接到通知，说有一个男婴。

2

“说实话，我们完全没想到，这么快就会有好消息。”峰和说道。他想尽快摆脱这漫长的沉默。“我们也听说过，想领养孩子的夫妻很多，要排队等很长的时间。”

章代的目光又回到了峰和的脸上。

“当然，等着领养这孩子的夫妻，还有很多很多。但是这次，我是特意先告诉你们的。”章代锐利的目光透过眼镜看着他。

“谢谢您。”峰和一边低头道谢，一边在心里盘算着。应该给她多少礼金呢。虽说她的工作是不要报酬的，但是她不可能不期待我们的谢礼。她知道我们的经济状况，觉得能拿到不少礼金，所以才“特意先告诉”我们的吧，他心想。

“那个，”峰和在膝盖上搓着手，“您刚才说，还有点事？”她不可能现在当面就提钱的事吧，峰和一边问一边想。

“是关于领养人的条件。”她说，“当初我跟您提过五个条件，您还记得吗？要爱孩子，要有经济保障，家庭要和睦，夫妻双方都健在。然后，还有一个。”

“我想想，应该是，夫妻双方都没有犯罪记录，对吧？”峰和回答完，心里有一点不痛快。最后一个条件，为什么故意让他来说呢？“这个有什么问题吗？”

“这几条，您都没有问题吧？”

“当然没问题，我向您保证。”峰和肯定地回答。

她点点头，似乎在说，那就好。

“如果不符合条件的话，我们会立即终止领养手续。”

“这我知道。我记得您说过，正式办理领养手续前，会有一段观察期，以确定我们能不能照顾好孩子。请问，那个观察期到什么时候为止呢？什么时候，我们可以办正式的领养手续呢？”

“这个要看你们。快的话，有时候一天就可以出结论。”

“啊？一天？”这么短的时间能看出什么呢，峰和想。但是对方是专业人士，她说的应该不会错吧。“那为了成为合格的父母，我们必须要努力啊。”他讨好地笑了笑，“那除了这个，没别的事了吧？”

“哪里，我还没进入正题呢。”

章代坐直了身体，直视着峰和的脸。她冰冷的眼神一瞬间令峰和打了一个冷战。但是很快，她的脸上已经是温和的笑容。

“根岸先生，我记得您说过，由于夫人不孕，你们去医院检查过，对吗？”

“是的，看过几次。”他回答说，“为了查明原因，我们看过很多医生。”

“那查出是什么原因了吗？”

“是的。最终，我们发现原因在我妻子身上。她的卵巢机能有先天性的缺陷，具体的我也不是很清楚。”

诊断结果出来的那一刻，峰和安慰着伤心的千鹤，内心却长舒了一口气。因为这样一来，他再也不用被千鹤的家人怀疑自己无能了。他入赘根岸家七年，为这事受了多少委屈啊。

说实在的，峰和无所谓有没有孩子。但是，他比谁都清楚，生育下一代，是他这个上门女婿最大的任务。根岸家招婿的条件只有一个，那就是身体健康，生殖能力健全。所以，并不优秀的他，在聚会上被大龄的社长千金一眼看上，从此鱼跃龙门，命运被改变了。

“你们没有考虑过用医学手段解决这个问题吗？比如说，

体外受精。”中尾章代问。

峰和摇了摇头。

“我们考虑过，但是没有去做。据说成功率不高，而且我妻子也很怕。”

“成功率不高是事实。但是和以前相比，技术进步了很多。”

“啊，是吗？”峰和想起章代平时在医院工作，而且是妇产科。她从事这种公益活动，也和她的本职工作有关。

“由于体外受精技术的发展，很多夫妻都成功怀上了孩子。但是，问题也变多了。比如代孕妈妈的问题。”

“哦，代孕妈妈，我也经常听说。”

“在日本比较难。但是在国外，愿意代孕的年轻女性有很多。”

“哦。”峰和一边附和着，一边纳闷这个话题究竟要走向哪里。中尾章代根本不说正题，还是说，她现在的话和正题有关？

“精液的冷冻保存技术也已经成熟了。想怀孕的女性，即使和男性不发生性行为，也能怀上孩子。”章代似乎无视峰和的不耐烦，依旧不紧不慢地说着。

“真是了不起的时代啊。”峰和无奈地附和着。

中尾章代低垂着眼睛，然后又看向峰和：“我也一样。如果我再年轻一点的话，也许就会采用那个方法。我已经不打算结婚了，但还是想要个孩子，我一直孤身一人。”

“哦……”

她说话越来越奇怪了，峰和心想。但又不像是开玩笑。

“您没有家人吗？”他问。

“没有。我父母很早就去世了。这个房子就是我父母留下的。”章代一边这么说，一边环视着房间，然后目光又回到了峰和的脸上。“其实，我本来有个妹妹，比我小十岁。”

“她现在嫁到哪儿去了吗？”虽然不怎么感兴趣，但是对话进行到这里，不问反倒不自然。

她静静地回答：“她死了。七年前。”

“啊……对不起。”峰和后悔自己太唐突，参与到这种话题里。特别是今天，不应该聊这种灰暗的往事。

他从西装兜里掏出了烟，准备想办法转移话题时，中尾章代却抢先说道：

“我妹妹是被杀死的。在杉并区的公寓里。”

“啊？”

“被勒死的，用她戴的爱马仕丝巾。”

“爱马仕……”

峰和夹在指间的烟差点掉下来，他慌忙抓住了。

3

这怎么可能，他想。

她说的不可能是那个女人。名字不对。他记得那个女人姓神崎，叫神崎弓子。不过，那可能是她的假名。

峰和能感觉到汗水流过腋下。七年前、杉并区的公寓、爱马仕的丝巾，这些都完全一致。

“她是个可怜的孩子。”中尾章代有点哽咽。“我们父母很早就去世了，所以她高中一毕业就出来工作了。她拼命挣钱，说有一天要自己做生意。后来她也开始做晚上陪酒的工作。我让她注意身体不要累坏了，但是她根本不听。她最大的乐趣，就是给我看她的存款数目。没想到……”

“那凶手找到了吗？”峰和问。

她摇头。

“没有。警察查了很长时间，但还是……”

“那，那个，就是，”他拿起打火机点烟，可是怎么都打不着，直到第三次才点着，“是入室抢劫什么的吗？”

“警察是那么说的。”她一边回答，一边把桌上的烟灰缸轻轻地推到他面前。“房间里被翻找过，珠宝首饰和存折都不见了。而且，玄关的门锁着，阳台上的门却开着。警察推测凶手是从阳台偷偷进来的。我妹妹虽然住在二楼，但是踩着一楼的栏杆爬进来，是很容易的。”

“那真是太可怜了。”他抑制着自己颤抖的声音。

这一切太像了。状况几乎一模一样。没错，这个女人说的就是“那个事件”。

“我妹妹被强奸过。”她的语气毫无感情，就像是在传达公务一样。“她的体内留下了凶手的精液，这也成为警察最重要的线索。”

“哦……”峰和吸了一口烟，又吐了出来。他已经无法调整自己的呼吸。

不可能是巧合。神崎弓子就是她的妹妹，不可能这么巧。这一切是计划好的。这个女人就是为了这个才接近我的。

峰和的脑袋乱作一团，怎么也梳理不了，只是越来越混乱。

“一开始，负责这个案子的警察认为，凶手的目的不是抢劫，而是强奸。”中尾章代说，“那晚特别闷热，我妹妹的房间没有空调，所以她睡觉的时候开着窗户。凶手看到打开的窗户，于是生出强奸的念头，并付诸行动。但是事后他怕被发现，所以就勒死了她，并且拿走了值钱的东西。这是警察的推论。”

对，那是个闷热的夜晚。

峰和的脑中，浮现出神崎大汗淋漓的脸。她空洞的眼神看着他，我不分手，绝不——

“那么，也就是说，”他舔着干燥的嘴唇，对章代说，“凶手是个碰巧路过那个公寓的男人，对吧？是一种临时起意的犯罪。”

“警察中大多数人都这么认为。但是，负责案子的警官说，也不完全是巧合。凶手还是有一定的依据，知道里面住的是年轻的女性。”

“有道理。但是，不管怎么说，应该不是熟人作案。”

“警察也这么说。但是，”中尾章代扶了扶眼镜，镜片反射出荧光灯的光，“我不这么认为。”

“是吗，”峰和吸了一口烟，“为什么？”

“一句话概括的话，是作为姐姐的第六感。”

“第六感……？”

“实际上，尸体是我发现的。那一天，我们约好第二天去新潟扫墓。当时正值盂兰盆节，我估计高速路会堵车，所以说好一大早就出发的。我开着车去接她的时候，大概是早上五点钟。”

明天要去新潟——那一晚弓子确实这么说过，峰和想起来了。和姐姐一起去。对，她说过，是和姐姐一起去。

“我按了好几下门铃，里面都没有反应。我觉得奇怪，就拿出备用的钥匙开了锁。我一打开门，就发现屋子里不对劲。当我看到床上的妹妹时，差点晕过去了。”中尾章代的脸上毫无表情。“我又害怕又伤心，甚至忘了打电话报警。我哭着喊着。但是，我非常确信一点，我妹妹是被关系亲密的男人杀死的。因为我闻到她身上有香水的味道。她那天没去店里上班，一直都在家里。而她不出门的时候，是从来不洒香水的。”

香水——

弓子身上的香水味，峰和还记得。每次和他见面，她身上都是用同一种味道的香水。那一晚可能也是一样吧，他没有什么印象了。

“但是，”他咳嗽了一声，他的声音已经开始嘶哑，“但是，仅靠这些来断定，还是不可靠啊。说不定她那晚一时兴起，睡觉前喷了香水呢。也有这个可能性吧？”

“警官也是那么说的。但是我还是无法接受。于是，我让警察调查了我妹妹交往的所有男性。他们实际上也帮我查了。他们围绕她工作的酒店，进行了彻底的调查。但是，直到最后，都没发现和她有特殊关系的男性。看来他们的关系并没公开。”

“不是没公开，是从一开始就不存在这样的男人。一定是这样。”

但是峰和还没说完，中尾章代就摇头了。

“我妹妹，就算再怎么热，也不会开着窗户睡觉的。就算没有空调，还有电风扇。凶手是从正门进来的。是她把他迎进来的。她肯定没想到自己会被杀死吧。她一定是笑容满面地迎接了那个人。”

晚上好。你怎么才来啊。不好意思哦，突然把你叫过来。我有重要的事要跟你说。对，没错。必须今晚说。我刚才在电话里跟你说了呀。明天一早，我要和姐姐去新潟，去扫墓。盂兰盆节了嘛。所以，在那之前有件事想跟你商量好。对了，你要不要喝点啤酒？不要吗？好吧。今晚不能留你过夜了。那我给你倒杯咖啡吧——

峰和全都想起来了。弓子把他迎进屋里时说的每一句话。他知道，每次和他见面，她都努力表现出一个好女人的样子。

“但是，玄关的门关着，阳台的门开着，不是吗？”

“这种东西，想伪装的话很容易。如果那个男人和我妹妹有特殊关系，那有可能也有她家的钥匙。”中尾章代立即回答他。

她的推测完全没错。峰和有弓子家的钥匙。为了伪装成抢劫杀人，他把阳台的门打开，然后从正门逃出去了。当然，他走的时候把正门锁上了。然后他把那把钥匙，扔在了下水道里。

“把房间弄得乱七八糟，把值钱的东西带走，那都是伪装的。”她乘胜追击地说道。

峰和的脑海中浮现出那晚的画面。为了赶快逃离现场，他争分夺秒地实施着自己的计划。他撕裂弓子的内裤和睡衣，故意制造强奸的场面。他穿上鞋子，在房间里来回走。他虽然知道她的贵重物品放在哪里，却故意去翻那些无关的抽屉。最后，他用布擦遍了手碰过的所有地方。

“她房间里有没有什么男人留下的痕迹呢？比如牙刷呀，剃须刀什么的。”他问。

那个时候，他把那些东西也收走了。本来弓子的房间里，就没有多少他的东西。

“没有那种东西。但是，我妹妹的过去，有男人留下的痕迹。”

“过去？”

“在那之前，她做过人流手术。”

4

峰和陷入了沉默。

那是他的孩子。当弓子告诉他怀孕的消息时，他有一种遭到暗算的感觉。每次弓子都说没关系，所以他才没有戴安全套。

弓子想把孩子生下来，峰和几乎磨破了嘴皮，才说服她打掉了孩子。为了应付她，他甚至撒谎说会娶她，求她先不要生。峰和非常后悔。自己应该早点跟她分手的。他当时怕她会闹，所以才不清不楚地继续交往着。后来一切错误的根源就在于此。

“就算她做过手术，”他说，“也不代表她会和那个人继续交往啊。她被杀的时候，也许他们早就分手了。”

“不，他们肯定还在交往。”中尾章代低声说，“恐怕，我妹妹打算第二天就告诉我的。”

“什么意思？”

“我们决定去新潟的时候，她跟我说：去之前，有一个好消息要告诉你。我那时没怎么留意。愚钝的我，甚至在她被杀后也没想起这件事。后来仔细一想，她说的可能是结婚的事情。那一晚，她把对方叫到家里，想把结婚的事正式定下来。我妹妹深信不疑，对方爱她，会和她结婚。”说到这里，中尾章代胸口上下起伏，好像是努力想要调整自己的情绪和呼吸。她盯着峰和，继续说道：“但是，那个男人并不爱她，更没有打算娶她。她突然说要结婚，那个男人应该慌了吧。”

峰和想要咽点口水，但是，他的嘴里已经没有一点水分。

慌了——当时他确实慌了。

两人做完爱后，弓子说，我想把以后的事情定下来。以后的事情？峰和不解地问。她说，就是我的将来。我存够钱了，差不多该成家了。其实，明天一早我姐姐要来，我打算告诉她这件事，可以吧？

峰和感觉自己受到了突袭。

“但是，”峰和对中尾章代说，“就算是这样，那个男人也没必要杀死她啊。他只不过是被逼婚而已。”

“我本来也是那么想的。”她点点头。“但是，如果那个男人有别的结婚对象呢？尤其是，如果那是他改变命运的重要机会呢？那我妹妹不就变成了他的障碍了吗？”

峰和闭着嘴，狠狠地瞪着中尾章代。他找不到狡辩的话。

这时，她轻轻地叹了一口气。

“跟您说实话吧，我之所以猜到这些，是因为我找到了某个男人。”

“某个男人……”

“就是最近的事。我在整理妹妹留下的遗物时，发现一本算命的书。我无意中翻开一看，有一页的空白处写着一个姓名。那个姓名很奇怪，名字是我妹妹的名字，但是姓不是她的姓。我妹妹叫弓子，就是弓箭的弓加一个子。那本书上写着‘本乡弓子’。”

峰和感受到一种冲击，就像脚下的大地裂开一样。他的脸逐渐失去血色，指尖冷得像要结冰了。他听到自己耳鸣的声音，身体也在发抖。

“我想，本乡应该就是那个男人的姓。我妹妹看那本书，是在算自己结婚改名后的运势。当时的她一定是充满期待的吧。”她的眼睛开始充血。“我四处去找姓本乡的人，根据当年留下的线索。我没有报警，时间过去太久了，他们肯定不会积极帮我查的。并且，仅凭这一点，还不能构成杀人的证据。”她红色的眼睛看着峰和。“终于，我找到了一个男人。有人告诉我，曾经有一个姓本乡的男人，常常来我妹妹工作的店里。那个人后来成了一个社长的上门女婿，改姓为根岸。现在的他已经飞黄腾达，是众人艳羡的对象。他结婚是在七年前，竟然就是七年前。我妹妹被杀死也是七年前。难道这只是巧合？难道没有任何关联？他为了得到名利，杀死了我妹妹，我这么想难道不对吗？我找了好几家私人侦探所，对这个姓根岸的男人进行了彻底的调查。从学历、出身、兴趣、爱好，到喜欢的女人类型。看着这些调查结果，我想起来妹妹以前跟我说过的一些话。比如，她去旅游的地方，原来是本乡的老家。她突然对某个爵士乐演奏家感兴趣，原来是因为那个男人喜欢。除此之外，还有很多一致的地方。所以我确定，这个男人和我妹妹不可能没有关系。还有一个最关键的理由，那个男人是AB血型，这和凶手留下的精液是一致的。”

“证据呢……”他好不容易才发出声音，“证据只有这个吗？说了半天，只是一个血型吗？光凭这个，就能……就能肯定凶手是谁吗？”

“确实，让警察抓他是不可能了。”她点着头说，“但是，再过几年，大家都会看到的。”

“再过几年？什么意思？”

“一年前，我想到一个办法。”中尾章代的嘴角诡异地上扬了一下。她是在笑，峰和却感到脊背发凉。她继续说道：

“那时凶手还没有找到，但是我觉得必须得做点什么。于是，我决定把那个拿出来用。”

“那个？”

“凶手的精液。”她面不改色地说着，“实际上，发现妹妹的尸体后，我采集了一点凶手的精液。对警察来说，那是唯一的线索，对我来说也是一样，所以我要确保自己也有一份。我相信，只要精液还在，就算不能马上抓住凶手，总有一天会有用处的。我工作的医院，有冷藏精液的设备，所以我就把精液保存在那里，为了将来的某一天。”

“精液……”精液，当时没办法拿走，峰和在心中独白。但是，她留着那个做什么？“你用它做什么了？”

“如果有特定的嫌疑人，现在可以做DNA鉴定。如果没有特定的嫌疑人，精液无法查出什么，但是可以用来生孩子。”

“什么？！”峰和惊呼道。

5

“用离心分离机的话，还能把婴儿的性别设定成男孩。至于卵子，我只好用了自己的。我已经不打算结婚了，但是女性生殖功能，我还是有的。这样一来，生出来的孩子就会越来越像那个凶手。只要和七年前出现在我妹妹身边的男人作对比，就能一目了然了。”

“不可能，怎么会，”峰和使劲摇着头，“这不可能！”

中尾章代轻轻地歪了一下脑袋：

“为什么您觉得不可能呢？我刚才不是跟您说了吗，体外受精技术已经成熟，利用冷藏的精液就可以让女人怀上孩子。现在代孕妈妈也很多，而且，我在医院工作，想要秘密地做这件事情是很方便的。”

“但是，但是，”大颗大颗的汗珠从他的额头滴下来，他已经顾不上擦汗，只是死死地盯着章代，“这样生出来的孩子，谁来养他？”

“想领养的人多得是，这个您应该最清楚啊。”

峰和已经说不出话来，只是紧紧地握着拳头。

“只要这个孩子被抚养长大，我的目的就能达到了。这是一个很漫长的计划。当时的我，除此之外没有别的办法。但是，我雇的代孕妈妈刚怀孕几个月，我就找到了那个叫根岸的男人。不得不说，这真是个讽刺的结局。早知如此，就不需要生什么孩子了。”

峰和的嗓子发出像风箱一样的呼吸声，他大口喘息着，又突然停住了呼吸。因为，他产生了一种不祥的预感。

“难道，你说的那个孩子……”

“我通过私人侦探所了解到，根岸夫妻也想领养孩子。那一刻，就像神谕一样，我的脑中闪过一个奇妙的念头。我开始接近根岸夫妻。因为我结过婚改过名，所以根岸丝毫没有怀疑我。”

“你……你……你……”峰和大口地喘着气，用手指着章代，他的指尖在颤抖，“你疯了吗！”

“最后，代孕妈妈把孩子生了下来。凶手的孩子。凶手和我的孩子。我决定把这个孩子还给他。于是我给根岸夫妻打电话，他们非常高兴，说要马上认养这个孩子。从今以后，根岸千鹤就要抚养这个凶手的儿子。在她丈夫杀人那一刻诞生的儿子。”

“你胡说八道！”峰和从沙发上站起来。他双腿打着趔趄，踉踉跄跄地向外走。走到门口时，他回过头，看着章代。“我不是凶手！我没有杀人！”他喊叫着，“那个小孩，我要还给你！”

章代看着他，站了起来。她向前走了一步，峰和便后退了一步。章代的声音听起来就像是诅咒。

“那你就把一切告诉你老婆吧。她要是知道孩子的父亲是个杀人犯，一定不愿意继续抚养吧。但是，她不会怀疑你吗？她一定会去查你和孩子的关系吧。依靠现在的医学手段，她就能知道接近百分之百的准确答案。”

峰和无意识地按着自己的太阳穴，他感觉到剧烈的头痛。

“如果你是凶手，”她说，“你就把他抚养长大吧。那是你的亲生儿子啊，你一定会很爱他。他会一天天长大，长得越来越像你。不知道你们是领养关系的人会说，哎哟，这孩子长得真像他爸爸。但是，那些知道的人呢？你妻子会怎么想呢？你会想办法应付过去吧。你会说，在一起生活当然会越来越像。但是，你能应付到什么时候呢？”

“不要再说了！”他哭喊着，“你不要再说了。”

“一年又一年，你会一直生活在折磨当中，永远没有尽头。因为，他是你的亲生儿子，而且你的妻子也喜欢他。”

峰和像野兽一样吼叫着，跑出了房间，跑过了走廊，光着脚跑到了大街上。最后，他失魂落魄地走在路上。

都怪那个女人，这一切都是弓子的错。

你忘了我吧，对不起。他刚一开口，刚才还在撒娇的弓子，表情突然变了。你说什么，你在说什么呀。你不是说要和我在一起的吗？所以我才听你的，把孩子打掉了。你……你原来是在骗我！不是？不是什么？你就直说了吧！啊，原来他们说的是真的，你要和那个社长家的老处女结婚呀。啊，原来是真的！原来你一直都在骗我！

弓子哭起来，她死死地抓住他的身体，他的手脚动弹不得，怎么也挣脱不了。

不要，我绝对不和你分开，就算是死了。如果你抛弃了我，我会把一切告诉她，告诉那个老处女！

你说什么呢，放开我！不，我不放开。天亮以后我姐姐会来，我要让她看到我们这样抱在一起。我要向她介绍你，姐姐你看，这是我的男朋友，你看我多幸福！

等到自己发觉时，峰和已经把爱马仕丝巾绕在了弓子的脖子上。他狠狠地勒着她。去死吧，去死吧，给我去死吧——

“都怪那个女人，我没有错！我没有错！”

峰和拦了一辆出租车，他该回家了。他的身体一直在颤抖。“您怎么了？看起来脸色不太好。”司机关切地问他，但是他没有回答。

一回到家，他就走进客厅去看自己的妻子。千鹤抱着孩子迎过来：“怎么这么晚啊，你干什么去了？你看，宝宝醒了，醒来后一直很开心。宝宝，快看，这是你爸爸哦。”

男婴看着峰和露出了笑容。

6

看到根岸峰和跳楼自杀的报道，中尾章代的心情很复杂。

她对这个结果并不满意。她本来打算慢慢地折磨他的。把孩子送给他，这只是个开场而已。没想到，对手的意志力竟然这么薄弱。妹妹被这种男人杀死，真是越想越觉得不值得。

“没办法，你也接受这个结果吧。”她对着桌子上的照片说。照片里是弓子灿烂的笑容。

章代换上了正式的衣服。她要去灵前守夜，顺便把那个孩子带回来。峰和死了，他们不符合“夫妻双方健在”的条件了。就算他没死，章代也打算把孩子要回来的。她甚至考虑过自己来养这个孩子。

那个男婴，是一个女高中生和一个陌生男人生的孩子。

和峰和没有任何关系。

再见，爸爸

电视里正在播放夜间棒球比赛，巨人队和阪神队的十回合赛。接下来是阪神队的机会，杉本平介端着一碗泡饭，目不转睛地盯着屏幕。一如既往地，阪神队今天也是处于下风。但是，只要接下来的四号击球手能有一个安打，应该就能扭转局面。平介穿着运动短袖衫和短裤，兴奋得全身都是汗。

他一个人吃饭，今天是第三天。因为，妻子畅子带着女儿加奈江，回九州的娘家了。她们今晚会回来，现在差不多到机场了吧。平介已经说好了，让她们下了飞机打车回来。

巨人队的投手投球失败，比分变成了二比三。平介盘着腿，身体紧张地前倾。加油，一定要打中啊，他心里祈祷着。但是结果令他大失所望，四号击球手挥棒落空，打了一个坏球。平介不满地咂嘴，胡乱扒拉着碗里的泡饭。

刚好这个时候，电视里传来叮咚叮咚的提示音，应该是节目里插进了什么新闻吧。平介没有抬头看，阪神队那个不中用的四号击球手，真是把他气坏了。

提示音第二次响起的时候，平介才抬头看了电视屏幕，画面的最上方有一行滚动字幕。

今晚八点二十分，由福冈出发的新世界航空931航班在××机场着陆失败，机身失火。伤亡情况不明——

心不在焉地看着字幕的平介，惊恐地睁大了眼睛。他急忙站了起来。面前的矮脚饭桌被打翻了，没吃完的泡饭全部撒到了榻榻米上。

应该不会有幸存者了，这是赶去施救的消防队员们的第一感觉。机体已经一分为二，整个被大火包围。很快，他们的想法得到了证实。一具具惨不忍睹的尸体被抬了出来。

“还活着！”当他们已经绝望之时，突然有人这么喊道。所有人大吃一惊。被抬出来的是两名乘客。一个小女孩和一个成年女性。不可思议的是，两人身上没有明显的外伤，但是都已经陷入昏迷。

两人很快被送到医院，医生和护士们开始全力抢救。他们竭尽全力想把这两人救活，但同时他们也知道，恐怕是救不活了。虽然两人外伤不多，但是从颈椎到脑部都受了重伤，脑电波也是紊乱的。尤其是那个小女孩，几乎不可能救活了。

半个小时后，小女孩的脑电波停止了。一旁的成年女性，虽然医生们在全力抢救，但是也不乐观。

“呼吸停止了。”

“心跳……也停止了。”中年护士冷静地汇报着。

仅仅几秒钟，急救室就陷入了沉默。

“还会有很多伤员被送来，现在还不是沮丧的时候。”一个医生说，其他人无奈地点头。

就在这时候，一个年轻的护士叫道：“大夫你看，又开始动了！”

所有人看向那个护士，她指着连接女孩头部的脑电图仪，又说了一遍："小女孩的脑电波又开始活动了。"

畅子的葬礼在非常庄重的氛围中举行。以电视台为首，很多媒体都赶来了。平介不管走到哪里，都被闪光灯包围着。但是，这两三天，他连对此感到厌烦的力气都没有了。

葬礼结束后，他又被记者们围了个水泄不通。

"您妻子的葬礼结束了，请问您现在是什么样的感受呢？"

"新世界航空公司总经理发表了声明，对此您是怎么看的？"

"听说全国各地都寄来了慰问信，请您对他们说几句话吧！"

实际上，这些记者的问题本质上都差不多。所以，他不需要考虑，只要重复同样的回答就可以了。他有时想，也许这是记者们对他的一种体谅吧。

但是，接下来这个问题，平介总是不知道如何作答。

"她妈妈去世的事情，您打算怎么告诉您女儿？"

他只好回答："我还没有考虑。"

葬礼当晚，平介去医院看望女儿加奈江。这次的幸存者只有五人，所以很多媒体都想要采访她。但是平介表示，在精神完全恢复之前，女儿不接受任何采访。

病房里有一个值班护士，看到平介来了，她就出去了。病床上的加奈江已经睡着了。她头上的绷带让平介看了心疼。但幸运的是，她的脸上没有受伤。女儿今年小学五年级，今后还有很多快乐的时光等着她。平介想，自己应该怎么做，才能消除这次事件带给她的伤害。目前，她已经恢复了意识，但还不能开口说话，只能通过点头或摇头来表达自己的意思。

平介感谢上天保佑了加奈江。同时，对于畅子的死，他非常愤恨。他到底应该恨谁，他也不知道。如果说，保佑加奈江的是上天，夺走畅子生命的也是上天，那么上天究竟是什么呢？

平介很爱畅子。虽然她有点发福，脸上开始有了细纹，但是他还是喜欢她那可爱的脸。畅子话也多，有点强势，常常不给丈夫面子。但是她这种直率的性格，让一起生活的平介很轻松快乐。而且，畅子头脑很聪明。对女儿来说，也是个好妈妈。

看着女儿的脸，妻子的音容笑貌浮现在他脑海中。平介不禁哭了起来。其实他每天晚上都在被窝里哭，今天只是提早了而已。他从兜里掏出皱巴巴的手帕擦着眼泪，“畅子，畅子，畅子”，本来快要干的手绢，又被泪水打湿了。

这时候，他听到一声“老公……”

平介吃惊地抬起头，看着病房的门口，以为有人进来了。门还是关着的，难道是幻听吗？但是，他又听到了那个声音。

“老公，我在这儿呢。”

平介激动地跳起来，是加奈江在叫他。刚才还在沉睡的女儿，现在已经醒过来看着他。

“加奈江！啊，加奈江！太好了！太好了！”平介从椅子上站起来，他被泪水打湿的脸更加激动了，他手忙脚乱地向门口跑去，要赶快去叫医生来。

“等一下，老公。”加奈江声音很虚弱，正要推门出去的平介回过头来。由于太激动，他没有察觉到女儿奇怪的语气。加奈江说道：“你过来，先听我说。”

“没问题，我先去叫医生……”

“别，别叫别人过来，你先听我讲。”加奈江几乎是求他。

平介犹豫片刻，还是决定听她的。女儿在撒娇吧，“好，好。我就坐你旁边，你说吧。”

加奈江看着他的脸。她的眼神在平介看来，有一种奇妙的感觉。这眼神好奇怪，平介心想，不像是小孩的眼神。

“老公，你会相信我说的话吗？”

“相信，全都相信。”这时的平介才发觉不对劲——老公？

“啊？”平介惊呆了。

“我不是加奈江，你没发现吗？”

平介的笑容僵住了：“说什么傻话呢？”

“我没有开玩笑！真的，我不是加奈江，你还不明白吗？是我呀，我是畅子。”

“畅子？！”

“对呀，就是我。”加奈江的表情不知道是在哭还是在笑。

平介又站了起来。他踉踉跄跄地走向门口，还是得叫医生过来。他相信女儿是精神失常了。

“你别走，不要叫别人过来。你听我说，真的是我呀，我是畅子。我知道你无法相信，我自己也没法相信，但这是事实。”加奈江哭着说。不，是附在加奈江身上的女人。

怎么可能，平介还是无法相信。怎么可能会有这种事。他不知所措，但不是因为不相信她的话。她说话的语气，确实和妻子一模一样。这么一想，加奈江身上散发出来的气质，确实不像小孩子的感觉，这一点平介很确定。

“那我上个月的工资是多少，你还记得吗？”他问。

“基本工资是二十九万七千日元，加上加班费和出差补贴，一共是三十二万八千二百一十五日元。但是扣掉各种税后，到手的只有二十七万左右。”加奈江哽咽着说，“因为每个月会扣掉不少养老金。”

平介不敢相信自己的耳朵。他一时说不出话来。她说的数字完全正确。当然，女儿是不可能知道这些的。

“你真的是畅子吗？”平介问。他的声音在颤抖。

她微微点点头。

畅子明白自己身上发生了什么事，是在被送到医院之后。在那之前，她很奇怪大家为什么都对着她喊加奈江的名字。等到明白过来，她还是想不通究竟怎么回事。这是噩梦吗？还是自己脑子出了问题？她焦急地等待恢复正常的那一天。直到今天，她看到平介伤心地哭，才明白这不是噩梦也不是别的什么，而是事实。

“那死去的那个才是加奈江吗？”平介问畅子。她点了点头。“这样啊……”平介很困惑。“加奈江已经不在了啊。”

畅子哭起来：“对不起，如果活下来的不是我，是加奈江就好了。”

“你说什么呀，你能被救活是好事啊，哪怕只救活你一个……”平介哽咽着说。比起亲眼见到女儿死去，看着她的脸却要接受她已经死去的事实，是另一种不同滋味的痛苦。两个人默默地相拥而泣。

“但是，真是不可思议啊，竟然会有这种事。”哭完后，平介仔细地看着女儿的脸。不，应该说是妻子的脸。

“老公，我们以后怎么办？”

“这个，就算说了别人也不会相信的，估计医生也没有办法。”

“恐怕最后是被送进精神病院吧。”

“嗯。”平介抱着胳膊，沉吟道。

畅子看着平介的礼服问：

“你今天参加葬礼了？”

“嗯？哦，对。”

“我的葬礼？”

“嗯，”平介点点头，然后看着妻子说，“但是你还活着。”

“也就是说，那是加奈江的葬礼。”畅子的眼睛里又噙满泪水。“是我夺走了她的身体。”

“不，你拯救了她的身体。”平介握着妻子的手。

事故过去一个星期后，医院允许加奈江接受其他人的探访。首先来看她的，是她的班主任和四个关系好的同班同学。

“我在电视上看到你的名字，吓了一大跳，差点就哭了。”叫作山田的年轻女老师说道。

“让您如此挂念，真是惭愧不已。以后真的是不敢再坐飞机了。”畅子回答道。

山田老师有点吃惊，但很快又恢复了笑脸：“你快快好起来哦，大家都等着你回来呢。”

“是吗，这也难怪，好久不见，久疏问候了。”畅子为难地看着平介，又急忙转过头来，继续说道，“啊，我也很期待见到大家呢。还请您务必转告各位。”

山田老师已经无法掩饰自己错愕的表情了。他们离开病房时，平介听到几个小朋友说："加奈江好奇怪哦，说话像个欧巴桑。"

他们走后，畅子俯身趴在床上，默默地抽泣了一会儿。她一定是想起加奈江了。

事故发生两周后，畅子出院了。当然，她的身体还是加奈江。一度沉寂下来的媒体，这一天又来了一群人，将麦克风对准了平介。

"关于赔偿问题，基本上都交给律师处理了。对，这不是赔偿金额的问题。我的女儿被夺走了生命，妻子也受了伤，希望对方能表现出足够的诚意。"当被问到有关航空公司的问题，平介这样回答。

采访他的记者，在报道时添加了这样的评论："虽然杉本平介先生看起来情绪已经平稳，但是，他连女儿和妻子的名字都说错了。可见，他的内心还在承受很大的痛苦。以上是记者从现场为您发回的报道。"

回到家里，平介和畅子再次商量了以后的事情。他们两人的想法是一致的：今后最好是以加奈江的身份生活下去。因为这是加奈江的身体，以畅子的身份生活毕竟是不可能的。而且，这也算是对死去的女儿的供养。

"我一定要好好学习啊，要是成绩下降了，可就给女儿丢人了。"畅子一边拿着茶壶倒茶一边说，"那孩子的理想是什么来着？我一定要帮她实现呀。来，你的茶。"

"我记得是做个平凡的主妇吧。"平介说。

"那我就保持现在这样就可以咯？"

"也不是，"平介端着茶杯说，"现在这样还是有点奇怪。"

“为什么？”畅子说完这句，才明白过来平介的意思。她低头看着自己的身体，然后又看着丈夫尴尬地笑着说：“你想什么呢！我会一直陪在你身边的。”

但是，平介低头喝着茶，没有说话。

平介和畅子的奇妙生活终于开始了。乍一看，他们不过是关系好的父女俩。但是，如果仔细地听他们之间的对话，就会马上发现不对劲。

“老公，你去扔一下垃圾。还有那个纸箱。厨房垃圾的袋子口有没有系好？还有那个，里面有好多玻璃，小心一点。”

“对了，你该去上学了吧？”

“啊，我差点忘了！哎呀，书包放到哪里去了。”

“作业做完了吗？”

“嗯，差不多。”

“到底有没有认真做啊？”

“可是，太难了嘛，你又不帮我。”

“不能帮小孩做作业，你以前不是说过吗？”

“我说过吗？哦，对了，差点忘了拿交换日记。”

“交换日记？还要写那种东西啊？”

“是啊，我以前也不知道。是和一个叫秋子的女孩交换日记，她特别可爱哦。她日记里写到，有一个男孩喜欢加奈江，叫远藤君，是一个白白胖胖的男孩儿。”

“小屁孩懂什么呀。那加奈江是怎么想的？”

“我也不知道。但是我感觉不是她喜欢的类型。所以呢，虽然有点对不住远藤君，但我还是冷淡对待吧。”

“最好是那样。”

“那我走啦。对了，老公，你下班以后别忘了买豆腐回来，是嫩豆腐哦！”

形式上虽然有点奇怪，但基本上没有给生活带来不便。当然，畅子虽然是加奈江的身体，但是家务活做得还是没的说。不久之后，整条街上的人都夸加奈江能干。遭遇了那样的事情，还努力地承担起母亲的所有工作，大家都被她感动了。

有一天，下班回家路上，一个附近的主妇也对平介说：“你们家小加奈可真懂事，没有人不夸她。而且，她越来越像她妈妈了。大概因为想要努力完成妈妈的工作吧。鱼店老板也说呢，她连讨价还价都和她妈妈一模一样，真是不敢相信。”

但是，也不是说没有任何问题。他们最烦恼的是，关于夫妻生活的问题。

有一天晚上，平介在被窝里快要睡着了，这时，畅子用手戳了戳他。他睁开眼睛，加奈江正一动不动地盯着他。“怎么了？”他问。

畅子扭扭捏捏地说：“那个，就是那个方面，要怎么办啊？”

“哪个方面？”平介一时没明白她的意思。等到反应过来，他睁大了眼睛：“那种事，说了也没办法啊，你都变成这样了。”

“对啊，是没办法。”

“当然了，傻、傻瓜，我怎么可能跟自己亲生女儿，而且是小学生。”

“但是，老公，你不难受吗？”

“没那回事。我知道你是畅子，但是你这个模样，我不可能有什么想法啊。我又不是变态。”

“也对啊。那你会不会去找别的女人？”

“嗯——”平介沉吟着，“这个还真没想过呢。对了，那你呢？你有那种欲望吗？”

“完全没有。想起那种事也没什么感觉，怎么说呢，身体一点反应都没有。”

“真是神奇啊，不过这也正常。”平介心想，小学生的身体有反应的话，那也太恐怖了。“总之，这个事情是没办法了，只能放弃了。”

“好吧。”畅子无奈地说。

这时候平介提出了一个建议。他说，以后就算单独相处，也不要再叫他“老公”了。并且，他以后也不叫她畅子，而是叫她加奈江。他觉得有必要养成这样的习惯。

“好的，”加奈江也同意了，“那么，晚安，爸爸。”

“晚安，加奈江。”

此后，畅子作为加奈江，顺利地过着每一天。她不自然的说话语气，也逐渐地越来越像同龄的孩子们。当平介问起来，她说也没怎么特意去改，和朋友聊得多了自然而然就变了。看着这样的她，平介有时觉得，还是女人的适应能力强啊。曾经的妻子的痕迹，在畅子身上一点一点消失，他感受到一种无法言说的落寞。

畅子升初中了。和同年级的女孩子相比，她还是有一些不像小孩的地方。但是，她已经完全融入同龄人当中。她学习好，会照顾人，在同学当中人缘很好。星期天的时候，她常常带几个同学来家里玩，给他们做饭吃。当然，她的厨艺让每个同学都佩服不已。

“你好厉害哦，加奈江。你怎么做得这么好？”

“还好啦，没那么夸张。现在的厨具这么多这么方便。不像以前，还要用蒸笼什么的，多辛苦呀。现在的年轻妈妈们可真是幸福啊。”

“受不了啦，又说这种像欧巴桑的话。”

“我的意思是说，我们这些小孩应该觉得幸福才对。”就算差点露馅，她也会巧妙地掩饰过去。

平介察觉到畅子微妙的变化，是她上初二的时候。在那之前，他们都是一起泡澡的。但是，她开始对这件事产生抵触。她也不像以前那样，随便在他面前换衣服了。有一天晚上，他终于鼓起勇气问了她，畅子犹豫了一下，这样回答了他：

“对不起。不知道为什么，我就是讨厌那样，我自己也想不通。”她的表情有些悲伤。“我并不是讨厌爸爸。”

平介不再说话了，眼前的这个人到底是自己的妻子还是女儿，他也搞不清了。但是，他知道，他应当采取的态度只有一个。

“知道了。没事，以后洗澡我们就分开洗吧。”

“对不起哦。”畅子低着头说。

有了这样的事情后，平介也不得不意识到加奈江身体上的变化。他内心也承认自己对她有性欲，为此他十分厌恶自己。对自己的妻子这样很正常，他安慰自己，同时也知道那只是个借口。

想来想去，他最终决定把她看作是女儿加奈江。他决定放弃她是自己妻子这一想法。虽然可能需要一点时间，但是他决定努力这么去做。

两人的关系从夫妻变成父女后，反而更好了，几乎没有吵过架。但是，畅子考高中那一年，两人之间发生了一次激烈的争吵。

“女子高中不是很好吗，还可以直接升大学。”

“但是女子高中学费太贵了，如果换成公立高中，你看，差这么多呢。”

“但是，听说公立高中问题很多，校风不好什么的。”

“那是偏见！还有人说女子高中太封闭了呢！”

“但是，公立是男生女生都在一起上课，对吧？”

“没错，那又怎么了？”

“你要是被哪个臭小子盯上了怎么办？啊，你，该不会是想谈恋爱才要去公立吧？”

“不是啦，你说什么呀！难道你不相信我吗？”

“虽然你现在这么说，可是有男生接近你的时候，你的想法就会变的。那个年龄的男生，脑子里想的只有那种事，你知道吗？”

“我知道，又不是第一次！”

这场争论当中，平介之所以这么激动，当然是因为嫉妒。但是他不觉得这有什么不对。就算加奈江活着，他和女儿之间也一定会有这样的争吵。

最终，平介妥协了，畅子进了公立高中。平介非常不放心，他偷偷地去看畅子班里的男生。每次有男生打电话给畅子，他都会一再追问。畅子不在的时候，他收到写给畅子的书信，想打开又不能打开，一直坐立不安到畅子回来。

畅子的不满彻底爆发，是在她高二的那年夏天。她和几个朋友约好去野营，平介却擅自打电话给她朋友家取消了。因为他得知，去的人当中一半是男生。

“加奈江也有青春啊，你为什么要干涉她？”

“你借加奈江的身体，结果只是方便自己享受而已！”

“难道不可以吗？这样做是对她的供养，我们不是说好的吗？”

“青春不光是到处去玩！还有学习，还有其他更重要的事情！”

“和人交往也很重要呀！”

“你不是已经有我了嘛！”

“我和你有代沟！”

这句话像一把锋利的刀子，插进了平介的胸口。他突然无言以对，默默地回到了自己的房间。过了一会儿，畅子也进来了。

“对不起，我不是那个意思，是我不好。”

“不。算了，也许你说得对。”

“我们以后怎么做才好呢？”

“什么都不用做。以后的事，就是我自己的问题了。”

“老公……”多年来，畅子第一次这样叫他。她双手抱住他的头，他的头发已经变得稀疏。

那年夏天，她和朋友们去野营了。

又过了七年。某个黄道吉日，平介坐在某酒店的婚礼休息室里。他穿着礼服。

“您好，新娘已经准备好了。”负责新娘服装的工作人员过来叫他。平介点了点头，走进新娘的休息室。

门打开了，平介透过镜子，看到了穿着婚纱的加奈江。镜子里的加奈江也看着他，慢慢地转过身来。平介似乎闻到了一阵花香。

“天哪，这真是……”他的脑海中浮现出三十年前的画面，“和那时候真像，简直一模一样。我就像是在看那时候的你。”

“我也这么觉得。”

听到两人的对话，工作人员有点不解，但他又恢复了笑容：“新娘今天真漂亮啊！”然后识趣地退出了休息室。休息室内只剩下平介和畅子二人。

“爸爸，这么长时间以来，受您关照了。”畅子低头鞠躬，哭着说。

“嗯，那个，多注意身体。”

“是。”

这时，传来了敲门的声音，平介喊了一声请进，出现在门口的是吉永信雄的圆脸。他看到新娘，激动得眼睛里放着光。“哇，好漂亮！嗯，很漂亮！除了漂亮找不到别的词了！”然后他看着平介问，“对吧？爸爸。”

“这我三十年前就知道了！”平介说，“对了，信雄君，你过来一下。”

“好的好的，是什么事呢？”

平介把信雄带到了原来那个休息室，刚好里面没有人。平介盯着这个要和畅子结婚的男人，吉永好像有点紧张。

畅子有了喜欢的男人这件事，在她坦白之前，他就已经察觉出来了。她大学毕业后，就职于某家公司，对方好像是公司里的人。该来的终于来了，平介心想。其实他早在几年之前就已经知道，迟早会有这么一天。在他的追问下，畅子告诉了他吉永的事。她说她爱他。她还说，对方已经求婚了，但是她以有苦衷为由拒绝了他。吉永还是不死心，每次见到她都会问她，究竟是什么样的苦衷。

平介决定和吉永见一面。某个晴朗的日子，畅子将他带回了家。

吉永信雄这个男人，会让人联想起马力十足的国产汽车。虽然有点冒冒失失，但是能让家里和睦融洽。人也很诚实。不愧是畅子，平介不得不佩服。她很清楚，结婚生活什么是最重要的。

如果是这个男人的话，我可以放心托付了，平介想。

"那个，是什么事呢？"吉永眨着大眼睛问平介。

平介说："有一件事想拜托你。"

"好的，您尽管吩咐。"

"也不是多难的事情。那个，你也听说过吧，就是丈人会对女婿做的事情。我也想做那件事。"

"啊？什么？"

"就是这个！"平介把拳头举到吉永面前。

"啊——"吉永吓得往后一仰，"现在吗？"

"不行吗？"

"可以，可以。可是，我们一会儿还要照相呢。"吉永挠着头很是为难，但是很快他又点头了。"好吧，您把那么漂亮的女儿嫁给我了，这点事情就是小菜一碟，您就来一下吧！"

"谁说是一下！是两下！"

"啊？这样啊？"

“第一下是为了女儿，第二下是为了另一个人。”

“另一个人？”

“你别管了，闭上眼睛吧！”平介握紧了拳头，但是他的拳头还没有举起来，眼泪已经掉了下来。他蹲在地上，号啕大哭起来。

名侦探退场

1

敲门声响起的时候，安索尼·怀克正坐在安乐椅上抽着雪茄，看着膝盖上摊开的旧资料。

这并非巧合。最近这些天，晚饭后直到睡前的这段时间，他都是这样在书房里度过的。

“是马修吗，进来吧。”

怀克话音刚落，书房的门就打开了，费·马修瘦弱的身影出现在门口。过去，马修比怀克还要高出一头，但是上了年纪的他驼着背，现在看起来和怀克差不多高。

“五卷全部完成了。”马修拿出夹在腋下的黑皮书。

怀克眯着眼睛，从椅子上站了起来。

“终于大功告成了，我等了很久。”他衔着雪茄接过那本书，看着黑色封皮上刻的金黄色的字。“就是这个，马修，太好了。魔王馆杀人案全纪录。你还记得那些日子吗？那些在推理中度过的兴奋而紧张的日子。”

“看到这些，我也想起来了。”马修点了好几下头。

怀克再次坐下来，仔细地翻看着他这本自费出版的书。油墨的味道刺激着他的鼻子。

“可以说，这是我经手的案件当中最难的一个。几乎没有任何线索，但嫌疑人又有好几个。而且，”怀克的烟管对着马修，“杀人现场的房间，何止是两层密室，竟然是三层密室。我自己说可能有点不太好，但是，古莱姆家没有找警察，而是来找我，可以说他们太幸运了。警察局那帮家伙，脑子就像发霉的面包一样又臭又硬。那么复杂的案件，他们怎么可能破得了！”

“是的，我也印象深刻。”马修说，“遗憾的是，从那以后，很少再有那么有创意的犯罪了。”

听到老助手的话，怀克皱着眉头。

“你说得没错，马修。现在的犯罪没有一点创新，拙劣得令人吃惊。犯罪手段，全都是模仿以前的，有的甚至在杀人前没有任何设计。以前我们的时代，每一个罪犯都有艺术家的尊严。当然，他们的作品有龃龉之处，但那是因为最后被我揭穿了。那种龃龉，也是为了追求某种华丽而存在的。”

说到这里，怀克咳嗽了一声，他的嗓子里卡了一口痰。以前可不是这样，不会因为讲几句话就影响到嗓子。

“哎，不过，”他稍微降低音量，叹了一口气，“这样责怪他们，也许太苛刻了。现在警察的侦查手段已经变了，一切都是科学。尸体没有脑袋，也能查出身份。就算是焚尸也蒙混不了。上次还有一个，警察通过留下的血迹，查出凶手的DNA并逮捕了他。也就是说，现在已经不是脑力的对决了。真扫兴啊。这种情况下还要求犯罪有艺术性，恐怕太为难他们了。”

“西金斯警官也是这么说的。”

马修说的西金斯，是个二十年前已经退休的警察。他曾经是怀克的竞争对手，也常常扮演协助怀克的角色。西金斯常常对案件线索做牵强的分析，然后得出离真相十万八千里的结论，这方面他非常有名。马修他们现在也常见到他。

“是啊，那些不着边际的推理，他当年也是乐在其中啊！现在有了科学，什么都能查出来，也就没有那家伙的舞台了。幸好他早早退休了，我可不想看到他站在电脑前不知所措的可怜样子。”

“您说得没错。”似乎是想象西金斯的那个样子，马修皱巴巴的脸上，洋溢着慈爱的笑容。

“先不说那个了。”怀克的目光再次落到手里的书上。他像抚摸小狗一样摩挲着纸面：“这个案件可以说是我的代表作，魔王馆杀人案。魔王馆，你还记得吗？”

“我怎么会忘记呢？”马修恢复了严肃的表情，连驼背也伸直了一些。“魔王馆的构造很奇特，有一个叫作魔王首的侧房。”

“杀人案件就发生在那个房间里。”怀克眼睛里放着光，抱着书站了起来。“被杀的是泰塔斯·古莱姆伯爵，他是个性格古怪的人，一直过着半隐居的生活。但是，有传言说他是男同性恋者。”

“有一个男人，自称是他的情人。”

“他叫理查德，理查德·史密斯。一个脸色很差、身体却很壮的奇怪男人。古莱姆伯爵死后，很多人厚颜无耻地想占有伯爵的巨额遗产，他也是其中一个。”

“住在主房的，加上理查德一共有七个人。但是，能称为伯爵家人的……”马修停顿了一下后继续说道，“只有一个人，那就是伯爵的女儿艾米丽。”

怀克接着他的话说："艾米丽只有五岁，是伯爵和他的最后一个妻子生的孩子。那个妻子已经在案发两年前病死了。同住的人当中，有两个是伯爵的侄子和侄女，有两个是他的堂兄妹。还有两个人，一个是艾米丽的家庭教师罗切斯特，另一个就是吃闲饭的理查德。"

"第一个来找我们的，是伯爵的随身女仆西拉小姐。她受伯爵的委托，向我们寻求帮助。她说伯爵被什么人盯上了。"

"当然，我们立即驾车前往伯爵的宅邸。那是个大雪天。那时伯爵还没有被杀，但我的鼻子已经闻到了，"怀克用手指弹了弹自己的鹰钩鼻，"惨案的味道。他的身上就散发出这种味道。不幸的是，我的预感没有错。当我们到达时，伯爵已经被杀死了。"

怀克敲了敲自己的太阳穴，又摇了摇头：

"不，应该说，我们到的时候，还没有人发现他被杀了。他们以为伯爵正在侧房休息。那时，雪已经停了，那个叫作魔王首的侧房四周，已经被白雪厚厚地覆盖了。那种白，与后来的惨剧形成了鲜明的对比。"

"还有密室。"

"是三层密室。"怀克竖起三根手指，"尸体是在侧房的书房中发现的，但是书房的门、侧房的大门都上着锁。而且，尸体也很奇特。伯爵穿着中世纪的铠甲，在里面被勒死。另外，每个人都有不在场证明。随后赶到的西金斯警官，得知情况后，说这是恶魔的做派。可以说，他的这个结论是正确的。"

"但是，如此难解的案件，却被您完美地破解了。那晚的事，我至今都历历在目。"说着，马修闭上了眼睛。

“就在那个面朝院子的客厅里，对吧。”怀克站着，也闭上了眼睛。于是，他感觉这书房，慢慢变成了古莱姆宅邸的客厅，他似乎听到了自己的声音。

“那么，各位。”——不是现在这种嘶哑的声音，而是浑厚的男中音。犯罪嫌疑人们盯着侦探的一言一行，他们有的坐在沙发上，有的靠在门柱上。当然，以西金斯为首的警察局的人也在场。怀克挺着胸膛，不慌不忙地看着每个人的表情。

“各位，如此复杂、如此巧妙的杀人案件，我是第一次见到。这一点，我对凶手的头脑表示佩服。在这个案件中，凶手只留下一个破绽。如果没有发现这个破绽的话，我恐怕不可能解开这个谜。”

他看着每个人的反应，然后煞有介事地向他们解说三层密室，以及死者穿着铠甲的原因。他的推论思维缜密，分析不带一丝感情，犯罪嫌疑人和警察都成了他的观众。

接着，他进入了问题的核心。他把每个嫌疑人和死者的关系以及不为人知的过去都一一公开。比如，关于古莱姆伯爵的侄女麦乐迪是这样的：“麦乐迪小姐原本是牧师馆的女仆，直到五年前，她和附近酒吧的厨师成为恋人，并怀上了他的孩子。她和那个厨师私奔了，但是有一天那个男人不知去向。于是，她生下孩子后，只好把他偷偷放进牧师馆里，然后自己逃走了。那个孩子被牧师馆的人收养，现在还在那里。每年的圣诞节，麦乐迪小姐都会匿名寄去圣诞礼物，但是今年，她决定亲自去见他一面。证据，就是这封信。”怀克全然不顾一旁已经惊呆的麦乐迪小姐，从怀中拿出了一封信。

另外，他还一一梳理了事发当晚每个人的行动。例如，刚才的麦乐迪小姐是这样的：

“事发当晚，她正在写这封信，但是这件事被古莱姆伯爵发现了。伯爵一直以为麦乐迪是个纯洁的女孩，所以他非常生气。‘你这个贱人！’他的这句话，被理查德听到了。”

像这样，他对每个人都进行了分析。按照他的分析，真正的凶手很快就会浮出水面了。所以他看着西金斯警官他们：“我说到这里，想必各位聪明的警官，已经知道谁是凶手了吧？”

西金斯看了看部下们的表情，尴尬得有点坐立不安，只好说：“嗯，对，大概，差不多。”然后咳嗽了一下。“但是，你分析了这么多，最后由我来讲的话，太不公平了吧。所以，今天——就今天一次，也让你风光一下吧！”

“谢谢，您真是太客气了。”怀克点头以示感谢。这番对话，已经成了他们两人之间的一种仪式。

“那么，各位，”怀克再一次看向那几个嫌疑人，“接下来我就要公布答案了。凶手究竟是谁呢？其实已经很明显了。能制造出三层密室的人，能骗伯爵穿上铠甲的人，并且有杀人动机的人，只要结合这三点就能知道是谁了。”

怀克竖起自己的食指，然后慢慢地指向了一个人。“凶手就是你，罗切斯特夫人。”

高雅端庄的罗切斯特夫人，盯着他的食指，仿佛对着枪口一样。她无力地左右摇着长着一头棕发的脑袋。她的脸上，除了惊恐，不可思议的是，还有一种终于安心的表情。

“我……”她站起来，一边看着怀克一边慢慢向后倒退。脚后跟碰到柱子的那一刻，她突然踉踉跄跄地夺门而出。

没有让西金斯安排部下守着门，这是怀克的失误。看到罗切斯特夫人逃出去，怀克大喊：“警官，快抓住她！”听到这句话，西金斯才明白发生了什么事，慌忙命令部下们追出去。同样地，那些部下也像人偶一样杵在那里，听到命令才反应过来。

罗切斯特夫人有心脏病，她本来不能跑的。并且，被怀克揭穿凶手的身份，可能也对她的心脏造成了一定的负担。所以，她刚跑到院子里，就心脏病发作倒在了地上。一个警察将她扶了起来。但是一个小时后，还没有恢复意识的她停止了呼吸。

“我只有一个遗憾，”回到现实的怀克对马修说，“那就是，我没能从罗切斯特夫人嘴里听到事情的真相。当然，我相信我的推理没有错，但是我想知道，我究竟在多大程度上还原了真相。如果能让她亲口告诉我，这个手记也就能……”怀克举起手中的书，“也就能好好强调这一点了。比如说，我在书里写了伯爵被杀之前喝了自家制的苦咖啡，这件事和案件有什么联系？如果能问罗切斯特的话，就能搞清楚了。这样一来，我的推理就更严密了。”

马修就像是听老伴啰唆的老人一样，不断地点着头。

“不过，话说回来，那真是一个了不得的案子啊！”怀克小心地把书放到书架上，然后坐到他的安乐椅上。最近他的腰越来越不好了，而且只要站上一会儿，膝盖的关节也会隐隐作痛。

“已经没有那样的案子了，”他摇着头，“能给人梦幻和浪漫的案子，都过去了。但是，如果我在死之前，能再遇到一回那样的案子就好了。不，不会了。”怀克停顿了一下，“就算那样复杂也可以。在我头脑还没有糊涂之前，真想再解开一个谜啊，一个适合我的谜，真想再遇见一次啊，马修。”

年老的助手抬起头，看着年老的主人。

“这是不是一个奢侈的愿望呢。”昔日的名侦探静静地说。

2

实际上，怀克从没奢望过自己的愿望会实现。现在这个时代，已经没有侦探这个行当了，这一点他比谁都清楚。所以他搬到了北部的郊外，把过去自己处理过的代表性案件，埋头整理成一部手记并自费出版。近些年，已经没有人来邀请他做讲座了，也没有出版社来找他。不过，年轻时候的积蓄还有一些，所以他还能雇一个保姆。至于马修，女儿和女婿会给他生活费。就这样，两个人每天的任务，就是一遍一遍地回忆过去。但没想到的是，有一天，有个人找上门来。她不是邀请演讲，也不是出版社的，而是来委托侦探工作的。

她自称玛丽·霍克，大约三十五岁。她大衣里面穿着深蓝色的连衣裙，上面绣着绿色的线条，胸口别着一个金色的胸针。她说她是从皮多尔顿来的。皮多尔顿是附近的一个乡村。

“我是罗克韦尔家的保姆，”神色紧张的玛丽开始切入正题，“我受主人阿尔弗莱德·罗克韦尔先生的委托，来咨询您一件事情。我听说安索尼·怀克先生是非常有名的侦探。”

“哪里哪里，我只是个普通的侦探罢了。”这句话，怀克已经二十年没有说过了。怀克一边说一边试图从她的口音中推测出她的出身。这种口音好像在哪儿听过，尤客夏？……过了太久了，他一时想不起来。

“那您要咨询什么事情呢？”马修问，他已经恢复了二十年前的语气。

“是这样的，罗克韦尔先生觉得有人想害死他。并且，那个人就是住在先生宅邸里的人。”

听到玛丽的这句话，怀克差点将烟管掉在地上。“您再具体说说。”

“前些天，罗克韦尔先生把我叫去他的房间，然后给我看他的药瓶。药瓶里装的是他平时吃的安眠药。他问我是不是有人动过这个药瓶，我回答说不知道。结果，先生表情很严肃，说有人往药瓶里掺了毒药。”

“是什么毒药？粉末还是药片？”怀克不禁挺直了身子。

“是白色药片，看起来很像安眠药，先生给我看的时候，我一时也分辨不出来。先生是个眼力很好的人，他说他一眼就看出来了。”

“白色药片。罗克韦尔眼力很好。”怀克也重复了一遍，然后他看着玛丽，用手指推了推老助手，“快记下来，马修，这可是重要的线索。”

马修从兜里掏出了笔记本，他敏捷的动作令人回忆起从前。他绿色的笔记本已经泛黄，让人怀疑里面的日历是去年的。确认助手拿出了笔记本，怀克对玛丽说：“好，您继续说。”

“罗克韦尔先生说，他的生命受到威胁，这已经是第二次了。第一次是前几天骑马的时候，有人在他的马鞍下面藏了玻璃片。结果马受到惊吓，先生差点从马上掉下来。幸好先生骑术很好，控制住了缰绳。”

“躲过了一劫呀。”怀克说，玛丽点点头。马修在一旁一边念叨着一边做笔记：“罗克韦尔先生骑术很好。”

“罗克韦尔先生的马，平时是谁照看的？”怀克问。

“有马夫，但是先生并不怀疑他。他一直把那个马夫当作儿子来看待，他不可能做这种可怕的事情。”

“罗克韦尔先生的宅邸里住着几个人？”

“除了先生和我，还有六个人。先生的弟弟莱特·哈利先生、他弟弟的妻子薇薇安和他们的儿子凯纳斯，先生的妹妹费斯·奥戴利和她的丈夫摩尔丁·奥戴利。但是，哈利先生和费斯小姐，跟先生是同父异母。另外还有一个人，先生没领证但属事实婚姻关系的妻子玛格丽特·普兰特。”

为了理清人物关系，怀克让玛丽又重复了一遍，马修做着笔记。他曾经行云流水的笔尖，已经不再灵活如初。

“还有其他经常进出宅邸的人吗？”怀克问。

“几乎没有。对了，有一个詹姆斯·莱如先生。他是先生的主治医生，每个周末都会来。但他是个好人。”玛丽双手合掌放在心口，表示这一点绝对可以保证。

“那么，这些人当中，”怀克换了一下交叉的双腿，“有人想取罗克韦尔先生的性命，对吗？”

玛丽点点头，带着哭腔说：

“先生也是这么说的。他命令我马上去找名侦探安索尼·怀克，请您一定要帮帮我们。”

“您的选择是正确的。”怀克坐在安乐椅上，稍稍挺起了胸膛。“名侦探”这个词，除了从自己和马修口中，很久没有从别人口中听说过了。“不过我有一个疑问，罗克韦尔先生不怀疑你吗？”

玛丽很意外，她皱起眉头，重新打量着这个被她叫作“名侦探”的男人。

“我有什么动机？如果先生去世了，我除了失业没有任何好处呀！”

“那其他人有动机吗？”

“当然有，”她提高了声音，“先生去世后，会留下巨额遗产，他们的目的就是这个。”

越来越有意思了，怀克心想。豪宅，住着一群面和心不和的家伙，为争夺财产而杀人。自从那个“魔王馆杀人案”以来，他第一次听说这么精彩的犯罪。

“也就是说，”怀克抑制着内心的激动，对玛丽说，“罗克韦尔先生现在和很多嫌疑人住在同一座房子里？”

但是玛丽摇头：“不是的。”

“为什么？”

“他们不住在一座房子里。先生住在一间侧房里，叫天使的翅膀。”

下了一夜的雪终于停了。

在前往皮多尔顿的车里，怀克看着天使馆的草图。这个草图是根据玛丽的描述画出来的。天使馆是罗克韦尔给自己的侧房起的爱称，但是这个侧房哪里像天使，说实话怀克完全不懂。这一点和那个魔王馆不同，魔王馆从上往下看，确实像魔王打开斗篷的样子。

但是，除此之外，这个案件和魔王馆杀人案非常相似。住在侧房的户主的生命受到威胁，在宅邸里工作的女性来找怀克，并且宅邸里住着企图争夺遗产的人。

“如果再有一个，”怀克对身边正在打瞌睡的马修说，“那就完全一样了。还差一个条件。但那不是什么好事。如果真是那样，我们可要赶快了。”

“还真有这么不可思议的事情啊。”马修忍着哈欠说。他昨晚找出过去的公文包，结果发现包里的放大镜、望远镜、配钥匙的工具什么的，全都生锈了。怀表的指针指着十年前的时间，已经一动不动了。马修打扫清洁这些东西，一直忙到了早晨。即便是这样，此刻他手中的公文包，依旧散发着一股铁锈的味道。

突然咣当一声撞击，车停了下来。受到冲击力的影响，怀克的鼻子撞到了前座的椅背上。他一瞬间有点发蒙，好一会儿才缓过来。“怎么回事？”他摸着鹰钩鼻问司机。

“车轮在雪地里打了一个滑。”司机回答道。

“没事儿吧？皮多尔顿在更偏僻的地方，我们还有很多山路要走呢。”

“不要紧，刚才是因为跑出来一个小动物。”司机又发动了车子。怀克看着窗外，四周原野一片银白色。大约两个小时后，他们到达了皮多尔顿村庄。

罗克韦尔家的宅邸，散发着一种既威严又亲切的气息。砂岩造的房屋，给人一种温暖的感觉。宅邸门口的小河上有一座石桥，旁边是一座小塔。看得出来，这里曾经是庄园主的宅邸。

但是，他们没有时间仔细观赏了。怀克和马修刚下车，玛丽·霍克就慌慌张张地跑了出来，她的脸已经没有血色。

“好像有点不对劲！先生进去侧房之后，一直没有任何声音。打内线电话，他也不接。”

“在哪里？”怀克拿着行李准备冲进去，但是他孱弱的身板经不起这样。他的大腿根像触电一般疼起来。他只好赶紧蹲下来。过了一会儿，他才慢慢站起来，拖着一条腿跟着玛丽往里走。马修也迈着慢吞吞的步子走着，不知道他是不是已经用尽全力，那速度就像是去哈罗斯买鱼子酱一样。

他们穿过宅子，走到了内院的门口。门口站着一个体格健壮的男人，还有一个金发的年轻姑娘。男人自称詹姆斯·莱如，是罗克韦尔的主治医生。年轻姑娘是罗克韦尔同居的妻子，叫玛格丽特·普兰特。

“我正打算进去看看，”普兰特说，“但是现在这种状况，听说怀克先生要来，我就没有擅自行动。”

怀克站在门口看着内院，对面是个石阶，石阶的上面就是侧房。普兰特说的“这种状况”指的是内院的状况。昨晚下了一夜的雪，内院已经被雪厚厚地覆盖，连一个脚印都没有。

后面的情况就不必详细描述了。被雪隔离的内院，大门被锁上了。里面的书房也上着锁。怀克用斧头砸开了这两扇门，否则就进不去。然后，他们在书房里发现了倒在椅子上的阿尔弗莱德·罗克韦尔。他手里握着一把手枪，胸口在流血。

主治医生莱如急忙过去确认伤势，很快他就摇了摇头。

“这把手枪是罗克韦尔的吗？”怀克问。

“应该是，”玛格丽特·普兰特贴着墙站着，不敢正眼看尸体，“他平时放在抽屉里，我看到过。”

莱如取下死者手中的枪，递到了怀克手里。这枪沉甸甸的很有分量，有一种冷飕飕的触感。

“把大家都叫过来吧，我需要问点事情。”怀克将枪口朝上对着天花板。

所有人都到齐了。哈利的妻子和儿子、奥戴利夫妇、玛格丽特和主治医生莱如。怀克向每个人都问了话。实际上，有一件事令他非常满意。来这儿的路上发生了雪崩，所以通往城里的交通已经被隔断了。而且，受到雪崩的影响，电话线路也断了。也就是说，这个古老的宅邸，已经与外界完全隔绝，是个封闭的空间。对于怀克来说，这是个完美的舞台，他可以尽情发挥自己的推理能力。

“真是不可思议啊，”这一夜入睡前怀克对马修说，“这个案件几乎就是魔王馆杀人案的翻版。虽然人物关系和房屋的构造稍有不同，但本质上完全一样。三层密室之谜，可以说也是完全模仿那个案子。”

“为什么会这样呢？”马修表情凝重地说。

“我也想过这个。只有一个可能性。也就是说，这个凶手可能是在模仿魔王馆杀人案。他认为只要照着做，就没有人能发现得了。”

“是啊，那个案子确实设计得很完美。”

“没错，一般人是看不明白的。所以，凶手的目的是99%的成功率。但是，遗憾的是，还有剩下的1%被我发现了。”怀克指着自己说，“有我在，凶手只能投降。他现在肯定很头疼，想着要怎么逃走。可惜现在道路都封死了，他连这个宅子都逃不出去。”

“您的意思是，您已经知道凶手是谁了？”

“这只是时间问题。不管怎么说，只要按照那个案子办就可以了。但是，”怀克咬着嘴唇，摇了摇头，“总觉得不够尽兴。这么多年来，难得碰到一个大案子。有创意的犯罪，是不是已经灭绝了？”

“算啦，不是挺好的嘛。”马修安慰他，“明天还要现场发表您的推理呢。您也没想到还能再来一次，不是吗？”

“嗯，倒也不赖。”怀克点着头。“明天中午一切都会真相大白。明天晚上你把所有人叫到客厅里。”

“好的，我知道了。”老助手回答说。

第二天晚上，已经顺利找到答案的怀克，在自己的房间里整理着发型。过去，只要一两下就能梳出英俊知性的感觉。可是如今，他的头发几乎全白，发量也少得可怜，怎么也梳不出满意的发型。勉强弄好发型后，他照了一下全身镜，今晚的礼服还是相当有派头的。

这时，马修走了进来：“大家都到了。”

“谢谢。对了，你看怎么样？有没有不对劲的地方？”怀克转了一圈问马修。

马修从各个角度认真检查完他的服装，微笑着说：“非常完美。就像英国的舰队一样，看不到任何缺陷。”

“是吗，那我就放心了。啊，这种紧张感，多少年没有感受过了。”怀克轻轻甩动胳膊，想让身体放松下来。“啊——啊——”他试了试嗓子。关键时候总是会咯痰，这是他最近的一个烦恼。最后，他从水壶里倒了一杯水："那么，我们过去吧！"

怀克一走进客厅，所有人的目光都集中到了他身上。多少年没有受到这样的关注了，感觉真不错。他慢慢地在他们面前踱来踱去，尽情享受着这种感觉。最后，他停在了他们正中间。

"各位。"怀克开口了。他对自己的声音相当满意。歌剧也是如此，第一声非常重要。

"那么，接下来，由我来给大家解开这个案子的谜团。这次的杀人案件，是一个高智商、有计划的杀人案，如果不是碰巧有我怀克的话，恐怕就让凶手得逞了。"

感觉非常不错。好像也不用担心咯痰了。但是，"首先是密室——"当他再次开口时，不知为何，他突然发不出声音了。不是声音嘶哑，而是完全失声的状态。很快，他全身都失去了力气，跪倒在地上。

"您怎么了？"坐在一旁的詹姆斯·莱如冲过来，抓起他的胳膊，立即给他诊脉。"不好了，是心脏病发作！快，那个桌子。"

其他人按他的指示，将桌子腾了出来，把怀克扶到上面躺下。怀克想依靠自己的力气，但是他的手脚没有一点力气，嘴也动不了了，只有眼珠能勉强活动。耳朵没有问题，能听见别人说话。但是，这辈子最后一场表演，竟然如此失态，怀克气得咬牙切齿。当然，他连那个力气都没有。

"休息一会儿，应该就好了。"莱如对大家说。马修看起来很担心，他守在怀克身边，帮他解开衣服胸口。

"现在怎么办呢？侦探先生倒下了，这个案子就没法破了。”费斯·奥戴利说。没想到她的丈夫摩尔丁·奥戴利却站了起来：“没办法，看来我必须得公布事情的真相了。”

听到这句话，怀克的眼珠眨了好几下。他在胡扯什么呢，这个案件，普通人怎么可能会破解得了！

但是没人管怀克怎么想。“好啊，你说说看。”莱特·哈利附和着，他的妻子薇薇安和儿子凯纳斯也拍手叫好。

“既然大家都这么说，那就由我来代替侦探的工作吧。首先，我来说说那个密室。”

什么？！怀克不敢相信自己的耳朵。难道他也知道那是个三层密室？

他不相信也没有用了。摩尔丁·奥戴利已经开始解说三层密室之谜。他解释得完全正确，和怀克的推理几乎一样。怀克暗想，他该不会也知道魔王馆杀人案吧？

接下来，摩尔丁·奥戴利逐一梳理了每个嫌疑人的身世，以及案发当晚的行踪。这个步骤，也和怀克的一模一样。他就像怀克的代言人，每一个推理都和怀克的完全一致。

“分析到这里，凶手是谁，已经显而易见了。”摩尔丁·奥戴利围着他们走了一圈，停下了脚步，然后他的手指慢慢地指向了一个人。“凶手就是你，莱特·哈利。”

什么？！怀克差点叫出声来。从目前的推理来看，凶手应该是詹姆斯·莱如啊！

“简直是胡扯！我为什么要杀他？”哈利怒吼道。

摩尔丁很有自信地继续说道：

“事业不顺的你，对你哥哥的遗产垂涎欲滴，于是决定杀死他。你说案发当时你在自己的房间里，那是假的。其实，你趁着下大雪，悄悄潜入侧房里杀死了他。最重要的证据是，我在门口发现了一根线头。”

线头？怀克又一次怀疑自己的耳朵。他根本不知道这件事，更不知道这根线头是从哈利的衣服上掉下来的。

“开什么玩笑！”哈利连胡子都在发抖，“我有不在场证明。我当时在自己房间里，你就是我的证人呀！”

“没错，”摩尔丁的嘴角浮起一丝笑，“但是我仔细一想，原来我搞错了。我看到你在房间时，是早在事情发生之前。”

搞错了？怀克真想大喊一声。就是因为你的证言，我才把哈利排除在外的。

“够了！就这么点推理能力，你就自以为是侦探了？”哈利的妻子薇薇安站了起来。她双手掐腰，狠狠地瞪着摩尔丁。

“难道你有什么不同的见解？”摩尔丁反问道。

“当然。这件事从一开始，我就知道是谁干的。凶手……”薇薇安站到了玛格丽特·普兰特面前，“就是你。”

“你少诬赖我！”玛格丽特的嗓音尖锐刺耳，“我也有不在场证明！我怎么可能设计密室！”

“没错，像你这种轻浮又愚蠢的人，确实设计不了什么密室。但是你有个特殊的技能，我早就知道了。”

薇薇安的这句话，让玛格丽特脸上失去了血色。“什么特殊的技能？”哈利问道。

“那就是，催眠术。”薇薇安很是威风。

“催眠术？”其他人一片哗然，怀克的心也提到了嗓子眼。催眠术？！但是玛格丽特的反应证实了薇薇安的话。她咬着嘴唇说：“但是我没有用它做坏事。”

“你不要狡辩了！你经常和罗克韦尔玩催眠游戏，你以为我不知道吗？你装作玩游戏的样子，对他施了真正的催眠术，让他一个人到侧房里开枪自杀的，我说得没错吧？”

“原来如此。原来还有这种办法。”怀克不得不佩服她的推理。薇薇安得意地撑大鼻孔，看着眼前的玛格丽特。

不应该这样，怀克想要制止这一切。一个精彩的杀人案件，不应该有催眠术这种东西。怀克不需要这种扫兴的真相，这是他作为侦探的原则。

希望有人出来反驳她，怀克心中祈祷着。希望有人站出来，指出凶手是詹姆斯·莱如。

仿佛听到他心中的祈祷一般，玛格丽特瞪着眼睛从沙发上站起身来。

“简直就是胡说八道！”她说，“被你这样诬赖，我不能再保持沉默了！否则，我对不起我那住在面包街上的奶奶！”

“你是说，你有别的推论吗？”哈利问。

“至少比您夫人的靠谱。大家为什么老是揪着密室不放呢？其实这次的杀人案，根本不是密室杀人！”玛格丽特这么说着，大步走到角落里的费斯·奥戴利面前，“你应该最清楚吧，费斯。”

“喂喂，你不要胡说八道！”费斯的丈夫摩尔丁从旁制止玛格丽特，“她当时一直在图书室，这个大家都知道啊。”

“问题就在那个图书室。”玛格丽特继续说道，“费斯说，她当时在图书室的角落里看书。那里有一个靠墙的书架，上面摆着巴尔扎克的全集。但是，那不是普通的书架，书架的倒数第二段有一块木板，往里推就会打开一扇小门，里面有通往地下室的台阶。也就是说，图书室里面有一个可以逃出去的暗道。”

暗道？怀克的心跳越来越快了。竟然还有秘密暗道，这简直太不公平了！

“怎么可能？真的吗？”哈利问，“我从来不知道。”

“知道的只有几个人，阿尔弗莱德、费斯和我。我以前看到过费斯从书架后面出去。”

“费斯，她说的……”摩尔丁没有继续说下去。费斯无奈地点了点头：“是真的。”

“天哪，费斯……”

“但是，”费斯抬头挺胸看着玛格丽特说，“凶手不是我，那天我没有走那个暗道。”

“我不信。”

“那我现在证明给你看。”费斯慢慢地转过头来，看着坐着的薇薇安，“你才是那个凶手。你说你没有侧房的钥匙，但是我知道你有。”

什么？！所有人惊呼道。

但是，面对费斯的指认，薇薇安也毫不退却。她坚称凶手是玛格丽特，而玛格丽特又说费斯才是凶手。而且，摩尔丁说凶手是哈利，哈利也不甘示弱，甚至提出保姆玛丽才是凶手。玛丽很愤慨，开始怀疑哈利夫妇十岁的儿子凯纳斯。

名侦探怀克已经糊涂了，他完全搞不清状况了。棘手的是，每个人的推理都有说不通的地方，但是又有说得通的地方。然而，不知为什么，没有一个人怀疑詹姆斯·莱如。

怀克感觉到自己的心跳得更快了，呼吸也变得困难起来。

“我们全家人都被怀疑，真是不可理喻！”哈利越来越激动，胡子抖得更厉害了。“不要再默不吭声了，凯纳斯，你也说点什么吧！”

听到这话，凯纳斯把周围所有人都环视一圈后，战战兢兢地开口了。

“凶手是莱如叔叔……”

哦，怀克闭上了眼睛，终于有人说出了这个名字。得出正确结论的，竟然是这个十岁的小孩。

但是，接下来的一瞬间，怀克的想法又落空了。凯纳斯刚说完那句话，所有人都开始哈哈大笑。

“哈哈哈，凯纳斯，再怎么也不可能是他呀！”哈利大笑着说。

“是啊，你这个差得太远了。”薇薇安附和着。

“这个案件，最不可能的就是莱如。”摩尔丁也说道。

玛丽高声说：“如果真是那样的话，岂不是模仿……”其他人异口同声地说：“魔王馆杀人案！”

什么？魔王馆？！

一瞬间，怀克眼前一黑。他感觉自己的意识一点一点地被吸进了遥远的黑洞。

醒来时，怀克发现自己躺在床上。阳光从窗口洒进来，有点刺眼。怀克用手搓了搓脸，抬起上身坐了起来。

怎么回事呢，怀克摸着脑袋，一时什么也想不起来。过了好一阵儿，他才想起那个天使馆杀人案。在罗克韦尔家的客厅，每个人都抢着说自己的推理，他是那个时候昏过去的。

怀克用手揉着太阳穴。这时卧室的门打开了，马修进来了。看到主人醒来了，他一时有点吃惊，随即露出他那慈祥的笑容：

“您醒了？啊，太好了。医生也说没什么大问题。”

“马修，那案件怎么样了？”怀克迫不及待地问，“最终谁是凶手？”

但是，老助手有点摸不着头脑：“案件？您说的是……？”

“就是天使馆杀人案。到底是谁杀死了罗克韦尔？”

但是，马修还是一副完全不明白的表情：“罗克韦尔没死呀。”

“没死？”怀克喊道，“怎么可能！他不是被杀死了吗？在天使馆侧房的三层密室里。”

马修悲伤地望着他的主人，他的眼神中还有一丝同情。

“看来，您还需要好好休息一段时间……”

“休息？我不需要休息，我很好。”但是看着老助手的眼神，怀克开始有点不安。于是他问马修：“我什么时候、在哪儿昏倒的？”

“在去罗克韦尔家的路上。”马修回答说，“车在雪地里打滑，撞到了一棵树上，结果您昏了过去。我们只好原路返回，没有去罗克韦尔家。回来以后您一直处于昏迷状态。”

“原路返回？”怀克觉得不可思议，难道那一切全都是梦？“罗克韦尔呢？他还担心有人要杀他吗？”

“不，他已经没事儿了。他后来发现，是自己多虑了。”

“多虑了？”

“是的，安眠药瓶里混进去的，不是毒药，只是维生素药片而已。好像是医院弄错了。还有，马鞍下面的玻璃片，也只是附近的小孩子们的恶作剧。罗克韦尔得知这些事，气得不得了。”

“什么……”怀克抱住了脑袋，果然是一场梦啊。如果不是梦，有些地方确实说不过去。

怀克的目光落在了床上的那本书上，他伸手拿了过来。封面上写着“安索尼·怀克的手记 第五卷 魔王馆杀人案”。他翻开书，找到了最后一章揭开谜底的部分，也就是怀克说的那句：“凶手就是你，罗切斯特夫人。”

他回忆起天使馆杀人案，那个案件和魔王馆是一模一样的，所以推理也应该是一样的。那么，天使馆的凶手应该是詹姆斯·莱如。但是……

“马修，”怀克手里捧着书，看着远处喃喃地说道，“凶手到底是不是罗切斯特夫人呢？”

3

又过了十年。昔日的名侦探安索尼·怀克已经九十岁，此刻正躺在医院的病床上。他是心脏病发作之后被送进来的，医生也已经没有办法了。

怀克潜意识当中，还在想着魔王馆杀人案。自己的推理，是不是完全正确呢？那个密室里，会不会有个暗道呢？每个人的证言，会不会都有错误呢？他们当中，会不会有人懂得催眠术呢？等等。

他从毛毯中伸出右手，举在空中想要抓住什么。“您怎么了？”马修问他。

“答案，”怀克说，“我想知道答案。”这是他留下的最后一句话。

名侦探安索尼·怀克在此安息。

怀克被安葬在郊外的墓地里，他独身一生，孤独一生。今天来送他的，只有马修、西金斯警官等几个老朋友。

牧师做完祷告，大家离开墓地时，马修发现一位女士。虽然她穿着丧服，而且已经十年没有见过，但马修还是一眼就认出了她。两个人慢慢走近。

“好久不见，马修先生。”女士开口说。

“是啊，好久没见了，玛丽·霍克女士。不，应该是艾米丽·古莱姆小姐。”马修说。这位女士，就是魔王馆杀人案中的古莱姆伯爵的女儿。

两人走到怀克的墓前，俯视着墓碑。

“怀克先生直到去世都没有发现吗？”

“对，我想是的。”马修回答。“十年，我总算保住了这个秘密。”

“我代表古莱姆家，对您表示感谢。”古莱姆小姐向他鞠了一躬。“幸好怀克先生的手记没有公开出版，我们才能过上正常的生活。现在提起魔王馆，也很少有人知道了。”

“一切都和您计划的一样。天使馆杀人案的梦之后——实际上不是梦，是一场表演——从那以后，怀克先生对自己的推理完全失去了信心，所以再没有勇气出版那本书。自己的推理到底是不是对的，他感到非常不安。”

“但是，我也没想到会那么顺利。幸运的是，我的丈夫是医学博士，所以才能拿到让人假死的药和全身麻醉的药。”

“让怀克先生昏过去的时间，控制得刚刚好。”

“是的。但是，如果没有您的协助，我们是办不到的。”

“那是因为，我非常赞成你们的想法。”马修脸上的皱纹挤作一团，“确实，对侦探来说，每件杀人案都是一个成果，所以总想公之于众。这对于他的名望，也是很好的宣传。但是，对于当事人来说，那是一场想要赶快忘记的噩梦。还有隐私的问题。为了揭开事情的真相，常常会触及人们不愿提及的过去。”

“所以，一听说怀克先生要出版手记，我就慌了。我想得想点办法了，于是去找了您。欺骗侍奉多年的主人，想必让您为难了吧。”

“嗯，是有点。”马修说，“但是，我也算是完成了最后一项工作。怀克先生退休以后，一直想再破一个案子。所以，这十年来他过得一定不无聊。最终，他还是把这个谜带去了天国。”

说完，马修仰起头看着天空，把手掌放在耳边。

“你听，我可以听到，先生正在叫我呢。”

——马修，你赶快过来给我做笔记！

母老虎[1]

对真之介来说，决定他命运的那一天到来了。牢房里的真之介，看到狱卒走过来。他手里的钥匙叮当作响。

“哎呀，你也终于等来这一天了啊。”狱卒很兴奋地说。

“这么高兴啊。”真之介说。

“那当然，我在牢房里工作，最期待的就是这个日子。”他一边说一边开锁，打开了牢房的门。

真之介好不容易起身，无奈地走出牢房。

“不要苦着脸了，打起精神吧！所有人都在等着呢。”

“所有人？”

“对，广场上已经挤满了观众，都想看点刺激的。”狱卒的眼睛也放着光。“不过，你呀，胆子真够大的，老爷的妾你都敢碰，这下可不得了啊！”

“她没告诉我，”真之介带着哭腔辩解着，“我要是知道的话，就不会那么做了。她跟我说她是单身……”

“说单身也没错。妾嘛，又不是正房。她用这个手段，已经骗过很多男人了。”

“你说什么？很多男人？”

1　这是在“命题推理小说竞赛”中，根据太田忠司出的题目“女虎”创作出来的作品。

“没错，那个叫阿猎的女人，可是个危险的女人。她一看到不错的男人，就会马上用美色把他骗到手。结果呢，那些男人的下场就是被老爷处决。这一带没有人不知道她。”

“我是最近才从外地来的。”

“所以说，我也很同情你啊。”狱卒虽然嘴上这样说，脸上却是兴高采烈。

今天的处决方法，叫作“是女人？是老虎？还是……”从这个名称上，也看不明白是什么意思。即便如此，当刑务官告诉他这个名字时，真之介已经吓得魂飞魄散。从那以来，他没有睡过一次安稳觉。

“过去，有一种刑罚叫作‘是女人还是老虎’，”刑务官装腔作势地说，“犯人站在两扇门前，要从里面选一扇打开。一扇门后面是绝世美女，另一扇门后面是吃人的老虎。如果出来的是美女，那么犯人就要和这个女人结婚过一辈子。如果出来的是老虎……这个不说你也知道。也就是说，这是一场博弈，活下来的概率是二分之一。你的处决方法，基本上和这个差不多。不同的是，你面前将会出现三扇门。”

“三扇？一扇是女人，一扇是老虎，还有一扇呢？”

“这个嘛，到时候你就知道了。不过，可以肯定的是，你能平安活下来的概率，只剩下三分之一了。”刑务官冷笑着说。

那么，第三扇门背后的，恐怕不是能拯救自己的东西吧，他心里一沉。

他跟着狱卒穿过昏暗的走廊，前方越来越亮了。看来这条路是通往广场的，决定命运的时刻来了，真之介开始全身发抖，牙齿打战。

这时候，有人出现在他面前。这个人，就是阿猎。她穿着华丽的和服，高贵的发髻中点缀着几缕红色的头发。

“真之介，”她跑过来，抓住他的手，“对不起，都是因为我，才会变成这样——”

“没办法，是我不好。”真之介说，他已经几乎说不出话了。他本想说点指责埋怨的话，但是上当受骗的自己也有责任。

“保重，我会祈祷你的平安。”说完这句，她迈着小碎步急匆匆地走了。

真之介目送阿猎的背影远去，他的右手里握着一团纸条。阿猎刚才握着他的手，偷偷塞进来的。

“那女人，塞给你什么东西了吧？”狱卒咧着嘴笑着问。

“没有。”

“别装了，拿出来让我看看。”狱卒伸出右手催促他。

真之介无奈地把纸团交给了狱卒，狱卒打开纸条，一边看一边窃笑着点点头，然后还给了真之介。“给，你也看看。”

真之介打开纸条，纸条上写着“选第三扇门”。

“太好了！她告诉我了，她还爱着我！”真之介高兴地举起双手。

“这个嘛，不好说啊。”狱卒不怀好意地笑着说，“如果她真的迷恋你，应该不希望你和别的女人结婚才对。与其那样，还不如让你喂老虎。”

“什么？”真之介心里一惊，“那么，第三扇门后是老虎？”

“当然，这个谁也说不准。她也有可能真的想救你，所以告诉你有美女的门。”

“以前那些男人呢？听你刚才的意思，她好像不是第一次这样递纸条吧？”

“你说得没错，但是可恶的是，每次都不一样。信了她的男人，有得救的，也有被老虎吃掉的。”

“怎么会……那，这张纸条不就没有意义了吗？只会更折磨人而已。”

“那个女人，塞给你这张纸条，就是为了折磨你。只不过，这次和以前不一样，还有第三扇门，这就更不好猜了。”

“到底应该……”

“好了，没时间说那么多了，观众们已经等不及了。”狱卒用力地推真之介的背，催着他往前走。

一分钟后，真之介已经站在广场正中央。观众席上挤满了人，潮水般的欢呼声中，真之介却能听到自己心跳的声音。

“好的，决定命运的这一刻终于到了。真之介君究竟会选择哪扇门呢？请大家保持安静，拭目以待吧！”

司仪话音刚落，就响起密集的敲鼓声。面前是三扇门，必须要从中选择一个。真之介无助地望着周围，所有的观众都在盯着他。

老爷坐在贵宾席上，一只手拿着扇子，优哉游哉地扇着风。他的身边围着一群年轻姑娘。除了旁边那个看起来像正房的，其他的都是妾。阿猎也在其中，她笑容满面，和刚才递纸条时完全不同。

真之介迟迟拿不定主意。门有三扇。哪扇是女人？哪扇是老虎？那扇神秘的门又是哪个？

他决定了，或者说，是本能地选择了逃避。他的手，伸向了阿猎说的第三扇门。既然已经被骗了，那就骗到最后吧。他屏住呼吸，推开了那扇门。

门后站着一个女人。一瞬间，真之介筋疲力尽地倒在了地上。观众席的喊声，让整个广场都跟着晃动。这喊声，很大一部分是因为大失所望。

女人走了出来，扶着他的肩膀。

“谢谢您选择了我。今后的岁月，请多多关照。”

真之介抬头看着她，她有点胖，脸也是圆圆的。发红的鼻头不知道是不是因为感冒。无论怎么看，都算不上是绝世美女。但是，还奢求什么呢，她就是自己的幸运女神啊。

“也请您多多关照。”他回答道。

真之介当天就被释放了，他的未婚妻也来到他家，并且让他买来了一瓶酒。

“那么，为你的平安归来，干杯！”

新妻子举着酒杯说，真之介也急忙举起了酒杯。

一个月后。

下班回家的真之介，刚打开玄关的门，一个茶碗就飞了过来。

“喂，你这个窝囊废！酒没了，给我买酒去！快点，不要磨蹭！”

这个大喊大叫的人，就是真之介的新妻子。从一个月前那天起，她就开始不停地喝酒，从来没有清醒过。当然，她也从不干家务，家里乱得像狗窝一样。真之介辛苦赚回来的钱，一分不剩全都变成了她的酒钱。但是，这女人再怎么过分，真之介也不能跟她分开，因为这就是对他的判决。

“喂，干什么呢！磨磨叽叽的！快给我买酒去，你这个混蛋！”

真之介一边收拾着摔碎的碗片，一边想起那个决定命运的日子。他终于明白，自己选择的那扇门，不是美女，也不是老虎，而是那个神秘的第三扇门。

第三扇门后面——原来是母老虎。

我想睡，不想死

头越来越重了。已经站不住了。但是必须要坚持住。好想躺下，但是不可以。

这下彻底完蛋了。得想办法脱离这个状况，但是怎么也想不出好办法。完了完了，还剩下多少时间呢？得赶快想办法了。

但是，为什么会变成这样呢？变成这个局面，自己也弄不明白。为什么我会陷入这样的境地呢？

本来是和山崎由佳里约会。起初是和她在海边的餐厅吃饭。那是，让我想想，是什么时候呢？是昨天吗？还是今天？不知道。总之是星期五。下班以后，她开着黄色的保时捷载着我去的。每次遇到红灯停下车，周围人的目光都会聚集在那辆保时捷上，感觉真不错。

记得是一家意大利餐厅。我没有去过，但由佳里说她很熟悉这家店，所以就去了。店里感觉还不错。我们点了意大利面、日本龙虾，还有……还有什么来着。想不起来了。好像还吃了沙拉，还有汤。大概是这样。

我们一边吃一边聊了很多。首先聊的是电影。我说喜欢《莫扎特传》呀《绝代妖姬》什么的。她说，她说什么来着？好像是说她不太看电影，说租过《大联盟2》的影碟，结果没什么意思。然后聊了歌剧。但是，好像全都是我一个人在说，她说什么了吗？啊，对了。她是这么说的：说起歌剧，我知道的只有《歌剧魅影》。我笑着说不对，那是音乐剧。她说，啊，原来是这样啊。

总之，能和自己暗恋的女人一起吃饭，简直就像一场梦，我几乎是欣喜若狂。自从高中时乒乓球比赛打进八强以来，我第一次这么兴奋。

但是，吃饭的时候，由佳里拿出了一个奇怪的东西，是她体检结果的打印件。

“总觉得这个数字有点不正常，你说呢？”她说着，用手指了指某一栏的几个数字。

“这个，应该是很正常吧。”我说。她资历比我多一年，是我的前辈，所以要用敬语。

“是吗？”由佳里好像还是很在意，也许她身体不好吧。“总觉得有问题，也许我多虑了吧。”

“是啊，你想的太多了。”我说。

我们是几点钟走出餐厅的呢？也许是九点左右。然后，然后干什么来着？头好疼，想不起来。

哦，对了，离开餐厅之前，由佳里跟我说：

“筒井君，不好意思哦，一会儿你能不能自己打车回去？我有点急事。”

我还以为接下来会再去喝点什么，然后她用保时捷把我送回家呢。有点失望。但是想想也很正常，我们又不是男女朋友。

“哦，好的，当然。”我笑着回答她。

那家餐厅可以帮忙叫出租车，所以我们给店员交代好以后，走出了餐厅。但是出租车还没来，由佳里就说：

“喂，还是一起去喝点什么吧！”

我没有理由拒绝。好啊，我高兴地答应了。

“那我去告诉他们不用叫车了，还来得及。”说完，由佳里走进店里，马上又出来了，打了个OK的手势：“可以了，我们去停车场吧。”

“好的。”我兴高采烈地回答。

我想想。然后怎么样了呢？

啊，不行了。开始头晕了，马上就要站不住了。不行，不行，不行。脚要站稳了，要坚持住。啊，好难受。

这儿究竟是什么地方？光线很暗看不清楚，但是好像是仓库。不，这个味道好像在哪儿闻到过。是什么味道呢？不是什么好闻的味道。

想起来了。这是公司的印刷室。这个味道是墨水的味道，还有相关药剂的味道。这里还可以冲洗照片，所以还混着冲洗液和定影液的味道。没错，就是印刷室。肯定是。

好奇怪啊。

我为什么在这里呢？和由佳里走出餐厅后，我们做什么了呢？我们为什么会来到这里呢？

“快点，这边，印刷室里。”

由佳里说过的这句话，好像还留在耳边。为什么她让我进印刷室呢？而且，为什么我什么也不问就进来了呢？

对了，刚才我才发觉，我的脸颊火辣辣地疼。就像是被谁扇过耳光一样。是被谁扇过呢？是由佳里吗？是不是我想对她做什么不好的事，所以被她扇了耳光呢？不可能，我再怎么喜欢她，不可能第一次约会的晚上就对她做那种事。首先，我没有那个胆量。如果我有那个胆量的话，早就邀请她了。这次的约会，还是她主动邀请我的。

“筒井君，明天晚上你有空吗？有空的话，跟我一起吃饭，好吗？”前一天的午休时间，我一个人的时候，她主动跟我说的。一瞬间，我还以为自己在做梦。当然，我爽快地答应了。

“但是，这件事，你不要告诉别人哦。”她说完抛了个媚眼。我答应了她。能够和她共守这样的秘密，真是太好了。

“筒井君，明天你会穿什么颜色的西装来呢？”她用无辜的眼神仰视着我。

“我想想，还不知道呢。怎么了？”

“两个人要搭配好衣服的颜色啊，要不然多无聊！”

“哦，这样啊。”我更加兴奋了。“那就，深灰色的西装吧。”

“深灰色吗，好的，我知道了。”她又抛了个媚眼。

提到西服，我又想到一个奇怪的事情。深灰色的西装。我最近好像看见过。不，不是我的西装。我看见过别的人穿。在哪儿看到的呢？好像是那个男人和由佳里在一起。两个人并肩站着，看着我。然后出去了。

出去了？从哪儿出去的？

从这个房间。是从这个房间出去的。就在刚才。没错。穿着西装的男人刚才还在这里。那，也就是说，刚才由佳里也在这里。

眼睛好晕，头好晕，身体好晕。晕，晕，晕。

坚持住！不能倒下！加油！

从餐厅那里开始，重新回忆一遍吧。走出餐厅，坐上由佳里的车。我坐在副驾上，然后呢？我们去哪儿了呢？对了，我先问她："我们去哪儿呢？"

"咱们兜兜风吧。"她说着发动了车子。

然后，她在港口附近停了车，在自动售货机上买了一罐果汁。她喝之前说了一句话，差点让我高兴得晕过去。

"我估计喝不完，一会儿你帮我喝一半吧。"

我把她喝剩的果汁，一点一点地喝了下去。很普通的苹果汁，那一刻却变成了世上最美味的甘露。

然后——

然后怎么样了，我一点都不记得。然后就是浓雾弥漫。

不会吧，难道我睡着了？

对，没错。喝完果汁我就睡着了。偏偏还是在约会当中睡着了，而且还是和由佳里的约会。

但是，我再怎么放松，也不可能那么容易就睡着啊。简直就像喝了安眠药。

安眠药？

怎么可能。但是脑海中留着一句话。那是，对，是穿西装的男人说的。

"药效太强的话就不好了，我们不能让他马上睡着。"

我想起来了。那个男人说完以后拍打着我的脸。他使劲拍着，想要让我醒过来。

头越来越沉了，而且，心跳也越来越快了。

这么说，那个时候我被由佳里灌了安眠药。她为什么要这样？她让我喝安眠药，是为了什么？

为了让我睡着，然后把我带到这里吗？应该是这样吧。但是，她力气不大，不可能把我从车里搬到这里。所以，才会出现那个穿灰西装的男人吧。“快点，这边，印刷室里。”她是对那个男人说的。

这究竟是怎么回事？如果是这样的话，那她约我也是为了这个目的。这究竟是怎么回事？是什么意思？

由佳里对我有什么怨恨吗？不可能啊，我不记得做过什么让她讨厌的事情。还是因为我工作的时候经常莫名其妙地对她微笑？难道她因为这个不高兴了？但是，怎么会因为那样的小事，把我弄成这样呢。

啊，气死了，好伤心。一切都完蛋了。明明我这么认真地活着。因为认真这个唯一的优点，我还在会计部得到了信赖。真不甘心啊。下周的审查，我本想再好好表现一下我的工作能力呢。

等一下。

脑中闪过了什么。下周的审查。

啊？难道和那个有关系？是因为那个把我整成这样的吗？审查什么的，不是很简单吗？只要没有违法，就不会有任何问题。

但是……

如果有违法行为的话，就是有大问题了。难道，由佳里有违法行为？也就是说，她挪用了公司的钱？怎么可能。

我不想再想了，但是这种时候没有办法了。先假设她做了那样的事吧。这种情况下，她有办法隐瞒过去吗？

说实话，没有。只要来审查，一下就能查出来。没法糊弄。

但是，如果把责任推给别人，就可以逃脱了。具体地说，只要嫁祸于我，制造出我自杀的假象后杀死我就可以了。

但是，能完美地制造出那样的假象吗？我和由佳里吃饭的事，店里的人都看到了。一旦我的尸体被发现，警察第一个就会怀疑她。

但是，如果她这样说呢？

“确实在一起吃过饭，但是吃饭以后就各自回家了。”

到这里，就不得不想起出租车那件事。为了留下离开餐厅就各自回家的印象，她特意让店里的人叫了出租车。

但是，如果她后来取消了，这个一查就能知道。

不，不对。她没有取消。我们走后，出租车才来。但是那个时候我已经在她的车里。

于是被叫来的出租车，一直在餐厅门口等我。不，这个也不对。肯定是有一个男人上了车。那个男人和我一样，穿着灰色的西装。而且和我一样，戴着黑框眼镜。

那个男人对司机说：“到××町××工业（我们公司）。”

紧随其后，由佳里也带着睡着的我来到公司。然后，两个人把我弄到这里，设置了巧妙的机关。

如果警察去调查，一定是这样吧。我在餐厅前面坐上了出租车，回到了公司里。司机可能记不住我的长相，他能记住的，最多是衣服和眼镜吧。

但是，我从饭店出来就去公司，不会有点奇怪吗？这一点由佳里打算怎么解释呢？

我想起我们在饭店里的对话。然后，我倒吸一口凉气。我发现了她设下的陷阱。

关键点是那个体检结果的打印件。

饭店的服务生们，看不到纸上的内容。针对警察的询问，他们一定会这么回答吧。

“女的给男的看了一张打印的东西，说有个数字有点不正常，她觉得可能有问题。那个男的回答她说，这个很常见，是你想多了。”

听到这个，没有警察想得到我们讨论的是体检结果吧。由佳里也一定会对他们说，当时我们聊的是最近的账目。

我挪用公款的事情被由佳里发现了，于是我一离开饭店就直奔公司。但是我没有找到补救的办法，于是绝望地自杀了——脚本就是这样设计的。

啊，为什么会这样？自己喜欢的女人不仅背叛了我，还杀死我，诿罪于我。

我必须得想办法，必须要想办法逃出这里。

但是没有办法。

我的嘴里被塞了东西，手脚用胶布捆住了，动弹不得。在这样的状态下，我站在一个倒立的水桶上。而且，我的脖子上绑着绳子，绳子的另一头被固定在天花板上。

受到安眠药的影响，我的头还是昏昏沉沉。好想睡。但是一旦睡着，我就会被吊死。

此刻，那两个人一定是在制造不在场证明吧。我坚持的时间越长，他们的不在场证明就越有说服力。等我死了好一会儿，他们会再次回来，拿掉我手脚上的胶带吧。

啊，好困。好想睡。啊，但是，这么做我就会死掉。我不想死啊。

二十年后的约定

1

但是，我不打算要孩子——

求完婚后，村上照彦加了这么一句话。在亚沙子还没有答应他之前。

“不要孩子，是我人生的大前提。请你在这个前提下，再考虑要不要和我结婚。”他双手放在方向盘上，看着前方说。这是一个大雨之夜，透过车窗几乎看不到前方。

村上照彦，是亚沙子公司里的前辈，两人都在营业部工作。照彦比她大七岁，亚沙子进入这家公司快四年了。

两人交往，是从去年夏天开始的。他们都加入了公司的网球俱乐部，一开始是照彦邀请她吃饭，后来两人就开始单独见面了。

照彦是山梨县人，考大学来到东京，毕业之后就进入了东京的公司。他父亲很早就过世了，母亲还健在。他有一个比他大十岁的哥哥在名古屋，母亲由哥嫂照顾着。所以说，照彦是个轻松自由的二儿子。

会不会就跟这个人结婚呢——亚沙子一边茫然地想一边继续和照彦交往着。女人到了二十四岁，就会开始考虑未来的事情。亚沙子的父母也经常问起他们交往的情况。她已经向父母介绍过照彦了。

所以，在她二十五岁生日前的这一天求婚，可以说是个完美的时间点。

但是，我不打算要孩子——

亚沙子问他为什么，照彦回答说他早就想好了的。他还说，我会证明没有孩子也能有幸福的家庭。

“你听说过‘丁克’吧？这样的话，你就可以继续工作了。结婚以后女的辞职带孩子什么的，早已经过时了。两个人一起工作，一起挣钱，一起度过丰富多彩的人生，不是很好嘛。为了孩子花那么多精力和金钱，实在是太傻了，难得我们生在这么好的时代。”就好像是准备好的台词一样，他口若悬河地说着。

亚沙子没有当场答应他的求婚，而是考虑了三天。

但是，照彦奇怪的宣言，并没有影响她对他的感情。她没有多么喜欢小孩，婚后也想继续工作。如果没有孩子的话，两个人还能很轻松地去旅游。最重要的是，她认识好几对夫妇，没有孩子也过得很幸福。

第二次见面的时候，亚沙子答应了照彦的求婚。听到她的回答，照彦如释重负，笑的时候眼角堆起几条鱼尾纹。一切都会好的，他说。

八个月后，他们在东京一家饭店举行了豪华的婚礼。两人拿着刀子，切开了比人还高的结婚蛋糕。换了三套新娘装，流了几滴眼泪之后，在出席婚礼的八十多人的祝福声中，亚沙子与照彦开始了新的生活。

2

婚后的两三个月，在甜甜蜜蜜中过去了。在下一次人事变动之前，亚沙子和照彦还是同一部门，所以他们几乎是二十四小时在一起。因为这件事被女同事们笑话，感觉还不错呢。

两人的生活发生变化，是结婚半年之后。公司要求照彦调去加拿大的分公司。照彦接受任命。同时，亚沙子决定辞掉工作，陪他一起去。

他们离开日本时，正是八月酷暑。据说调任时间是五年，下次回日本度假要等到三年以后。

他们在多伦多的郊外租了一套房子，开始了新的生活。房子建筑面积二百多平方米，加上院子是六七百平方米。即便这样，周围还有很多面积比这还大的房子。

一开始做什么都容易紧张。首先是语言的问题。出去买生活用品的时候，光是说清楚窗帘的尺寸就要费半天劲。打电话投诉房子的设施问题时，想说的话连一半都表达不清楚。

生活习惯和生活节奏方面也有很多困扰。预订的东西，从没有按时送到过。还以为对方忘了发货，没想到过了好几天东西又到了。至于原因，全是一些随意的理由——负责人休假去了呀，节日暂停营业什么的。

“完全不知道会有什么事等着你，简直像来到另一个世界。”某一天吃晚饭时，亚沙子对照彦说。

“很快就会习惯的，听说一开始都是这样。”

说这话的照彦，则因为分公司的待遇太好而感到困惑。

“真的会有那一天吗？会不会糊里糊涂中五年就过去了。”亚沙子担忧地说，其实内心正好相反。每天这么多全新的体验，她其实乐在其中。

但是这种新鲜的生活，并没有持续很久。家里安顿下来，买东西也习惯了之后，新的变化越来越少。但是，又没有勇气去完全未知的地方。

照彦的上班时间比较固定，早晨八点出门，晚上八点多回来。亚沙子每天把他送出门后，打扫房间，洗衣服，吃个简单的午餐。收拾好碗筷之后，看看电视呀，翻一翻日本寄来的杂志。完全不会有人来串门。

原来这就是家庭主妇啊——

茫然地打发黄昏时光的亚沙子心想。这种生活，还要继续五年。

人在寂寞的时候，会无故地情绪低落。周围没有一个认识的人，照彦下班回家之前，几乎一整天都没有机会开口说话。

哪怕有个孩子——

亚沙子开始这么想。虽然两个人约定好不要孩子的，但是这种想法一天一天越来越强烈。以至于有一天晚饭时，亚沙子说出了口。

那一瞬间，照彦的眉头惊跳了几下。他放下汤勺，稍微沉思了一会儿。亚沙子担心自己把他惹生气了。

“不要孩子。”他一字一句地说。在亚沙子听来，他又像是在说给他自己听。“我们不是说好了吗？”

“嗯……”

亚沙子偷偷地看他的脸色，该不会真生气了吧。可是好像没有。证据是，他拿起汤勺冲她笑着说："下次假期咱们去温哥华看看吧。四处走一走，心情也会变好的。"

听到这话，亚沙子很开心。这是来加拿大以来第一次旅行。

从那以后，只要发现亚沙子感到寂寞了，照彦就会带她到处去旅游。他好像是防患于未然，避免亚沙子再提出孩子的事。

但是，这个办法也慢慢失效了。亚沙子开始感觉到身体不舒服。没有食欲，容易烦躁，有时候还会耳鸣。头昏昏沉沉的，但是晚上却睡不着。

"是压力造成的。"照彦说，"我们去旅游吧，你想去哪儿？"

亚沙子摇头，她没有那个兴致了。就算去旅游，也没什么可看的。

她割腕自杀，是他们来到加拿大整整一年的时候。回到家的照彦发现她倒在厨房了。

那次是半无意识性的行为。后来想起来，亚沙子自己都无法相信是真的。

幸好伤口不深，没有生命危险。她昏倒只是因为晕血。

"我请好假了。"亚沙子醒来时，照彦正守在她身边。"是特许的假，两个礼拜呢。咱们回一趟日本吧。"

3

隔了一年，女儿和女婿终于回国了。亚沙子的娘家好不热闹。嫁到千叶的姐姐，也带着姐夫过来了。

亚沙子发现，这么长时间以来，自己是第一次这么开怀。这不仅是因为妈妈做的菜。她太久没有像这样，和别人说说笑笑了。

所以，一想到假期结束又要回到加拿大，明明是刚回来，她已经开始感到郁闷了。

“对了，还没有孩子啊？”

爸爸问照彦。爸爸今天喝得比平时多，红光满面的。亚沙子低下了头，他们不要孩子的事，没跟父母说过。

嗯，再过一段时间——每次问到这个问题，照彦都是这句台词。对方再怎么劝说，他只是笑呵呵地什么也不说。

但是，今天晚上有点不同。对亚沙子父亲的问题，他是这样回答的：

“是，差不多该要了。”

亚沙子吃惊地看着他的侧脸。

“嗯，生孩子还是越早越好，你也已经三十多了吧？”父亲很满意地笑着，给照彦又倒了一杯啤酒。妈妈和姐姐、姐夫则热烈地讨论，第一个最好是女孩、在加拿大出生国籍怎么办之类的问题。

吃惊的人只有亚沙子一个人。以前，照彦都会避开这个话题的呀。是因为很久没回国，所以故意安慰父母的吗？

“你怎么了？发什么呆呢？”姐姐问。

亚沙子赶忙加入他们的话题。

“明天我去一趟山梨。”

亚沙子在以前的卧室里铺床时，照彦突然说。亚沙子拿着枕头，不解地看着他：

“山梨？”

虽然山梨是他老家，但是现在他家已经不在那里了。

“有点事。”照彦说。他坐在亚沙子学生时代的书桌前，手里拿着生锈的铅笔刀。

“但是，我们还得去名古屋呢，去看妈妈和哥哥他们。”

“我知道，名古屋也去。我先去一趟山梨。”

“你一个人去吗？”

“嗯。”

“去见朋友吗？”

“嗯……算是吧，好久没见了。”

“哦……”

亚沙子没再多问，但是她有点奇怪。照彦的朋友，几乎都在东京呀。

“穷乡僻壤的，不偶尔回去看看，大家会觉得我薄情。”说完这句，他咳嗽了一声。

第二天早晨，亚沙子九点多醒来时，照彦的被窝早就空了。她穿着睡衣下楼一看，他正在楼梯拐角处打电话。

“我昨天回来的……嗯，十三个小时的飞机……现在在她娘家，还是日本好啊。”

好像是在给朋友打电话。不过，他突然压低声音说：

“我想和你聊聊孩子的事……当然了，我一直都遵守约定……嗯，我想今天去见你，咱们见面再慢慢聊……在店里见面？不太好吧……四点钟是吧？……好，我知道了。”

放下电话，转身要上楼的照彦，看见亚沙子一下停住了脚步。

“早！你刚才在打电话？”

“嗯。”他点点头，努力想要解释点什么。

“是打给山梨的朋友？”

他稍微停顿了一会儿，然后回答说：“对，打给幸一的，就是那个清水幸一，在老家开咖啡店的。”

新年贺卡上看到过这个名字。好像是一起长大的伙伴。其他没听他说过什么。当然，她也没见过。

“你今天是去见他吗？”

“嗯，也要见一下他……”照彦模棱两可地说完，就留下亚沙子，一个人回到房间里去了。

十一点过后，照彦就出发了。亚沙子把他送出门后，妈妈问她照彦去山梨做什么。亚沙子只好装作很理解的样子说，男人嘛，有时候会想要回故土看一看。

但是，一个人回到房间，还是觉得奇怪。照彦为什么要突然一个人回老家呢？

聊聊孩子的事，照彦在电话里这么说。是什么孩子的事呢？

还有昨晚的事。

他对父亲说的话是真的吗？亚沙子没有勇气问。她怕得到否定的回答。而且，昨晚的照彦总给她一种难以接近的感觉。

难道他去山梨和昨晚的事有关系？

犹豫了半个小时后，亚沙子从他们的随身行李中找出通讯录，找到清水幸一的电话和地址，记在一张纸上。

“哎呀，你也要出去呀？”

看到亚沙子下楼，母亲问她。亚沙子已经换上了外出的衣服。

“去见个朋友。她快办婚礼了，想问我一些事情。”

“这样啊。你要是回来得晚，就给家里打个电话，你爸爸去车站接你。”

母亲的话说到一半，亚沙子就急匆匆地出去了。挂钟的时针，已经快指向十二点了。

记得照彦在电话里说四点见面——

现在去还来得及，亚沙子加快脚步走向车站。

4

照彦的家乡，过了甲府还有半小时的车程。结婚前照彦曾经带她来过一次，那儿是个质朴的小镇，安静得只能听到风的声音。

据说清水幸一和照彦小学、初中都是同班同学。年龄相同，家也离得近，所以两个人是从小一起玩大的。

四点钟在店里见面，记得他是这么说的，那应该是约在清水开的咖啡店见面吧。

虽然只来过一次，但亚沙子还是很快就找到了照彦家的原址，这里已经变成了四层高的住宅楼。

“与其给别人住得破破烂烂的，不如趁早把它拆了，反正不会再回来了。”

上次带她来的时候，照彦抬头望着住宅楼这么说的。

那怎么又回来了呢？亚沙子心里嘀咕着。连家都不在了，还有什么事非得回来呢？

亚沙子一边踱步一边找清水幸一的店，应该就在附近。他的店名叫“猫咪”，是个可爱的名字。

亚沙子刚走出一个转角，就看到一家店的玻璃门打开了。里面走出来一个人。过了一两秒钟，亚沙子才反应过来那个人就是照彦。她急忙转身躲起来，幸好照彦好像没发现她。

照彦的身后，又走出来一个差不多年纪的男人，穿着宽松的黑夹克。玻璃门上画着一只猫，看来这个男人就是清水幸一，这就是他开的店。

两个男人朝亚沙子相反的方向走去，亚沙子也紧随其后。两人边走边聊着什么，当然，她完全听不到。

她本来担心他们两个会上车。不过幸好，他们似乎没这个打算，只是一个劲地朝山边走去。

终于，他们在一个墓园前停住了脚步。

难道是扫墓？——亚沙子百思不得其解。

两人走进了墓园，亚沙子也悄悄跟在他们后面。她这才发现，照彦的手里捧着一束花。

两人用手提桶接了水，向墓园里面走去，最后在某一座坟墓前停住了脚步。

亚沙子躲在一块比人还高的墓碑后面，目不转睛地看着他们。

照彦把花供在墓前，清水点了一炷香。洒完水后，两人并排站在一起，双手合十。

这是谁的墓呢？亚沙子望着他们想。村上家的墓，他哥哥在名古屋买房子后，已经全部移过去了啊。

那么，是清水家的墓吗？但是，真是那样的话，照彦有必要大老远过来拜吗？

两个男人在墓前聊了几分钟，她还是听不清楚。不过，从亚沙子的角度，可以清楚地看到照彦的脸。他眉头深锁，不停地用手搓着下巴。这是他有烦心事时的一个习惯动作。

两个人离开了墓地，亚沙子换了个角度躲起来，她打算继续尾随他们。

他们把水桶放回原位，走出了墓园。亚沙子确认清楚后，也悄悄地跟了出来。

这时，突然有个陌生女人出现在她面前。一个大个子、脸庞丰腴的女人。亚沙子一开始以为是路人，但是她停下了脚步，因为那个女人一直盯着她看。

“您是村上女士……吧？”女人问，“村上先生的夫人……对吗？”

“您是？”看到亚沙子没有否认，女人露出了笑容，“我是清水的妻子，叫久美子。”

“哦……”亚沙子点头道，“您怎么会在这里？”

“这个，我想原因和您一样吧。”

“和我一样？”亚沙子一边不解地问，一边看向墓园门口。再不赶快的话，就要把那两个人跟丢了。

“那两个人，您不用再跟了。”久美子说，“他们要去酒馆喝几杯，您跟着去也没什么用。”

亚沙子这才仔细地盯着对方的脸：“不好意思，我完全搞不清怎么回事。”

久美子点了点头："我也一样。不过，可能我知道的比您多一点。这样吧，您来店里坐吧，我有话跟您说。反正，他们俩不到晚上是不会回来了。"

亚沙子答应了她。

"猫咪"是一个风格简约的咖啡店，省略了一切无用的装饰。有一个吧台，前面摆着三张桌子。她们进来的时候，只有外面那张桌子旁坐着四个客人。吧台里面，有一个二十岁左右的小伙子在倒咖啡。久美子说是她的外甥。她给外甥介绍亚沙子，说是自己以前的学妹。

两人走到最里面的座位坐下，久美子给她倒了一杯热可可。刚才在墓园冷得发抖的身体，总算暖和过来了。

"您怎么认出来我的？"亚沙子用手掌捧着杯子问。

"你们结婚时寄的请帖上，不是贴着照片嘛。别看我这样，我记人记得可清楚了呢。再说，会跟踪那两个人的，除了您不会是别人了。"久美子握着杯子点点头。

"看来，您也觉得丈夫的行踪有点奇怪啊。"久美子说。

"您也是吗？"

"是的，"久美子放下杯子，脸色变得很严肃，"那座墓，是西野家的。"

"西野……"没听说过这个姓。

久美子从吧台找出一张纸和一支笔，在纸上写下"西野晴美"四个字。

"他们应该是给这个女孩扫墓去了，您丈夫没告诉您吧？"

亚沙子摇摇头："我第一次听说这个名字，是个女孩吗？"

"是个女孩，不过，如果她还活着，应该比您还大一些。

她是二十年前去世的，那一年她才八岁。”

也就是说，那一年照彦才十三岁。

“那这个晴美和我丈夫是什么关系呢？”亚沙子问。久美子摇了摇头：

“他们住得很近，应该是从小一起玩的朋友吧。别的还有什么，我就不清楚了。”

“是吗……那，那个女孩是怎么死的？”

久美子神色变得凝重起来，她的胸口上下起伏，似乎是在调整自己的呼吸。她用低沉的声音说道：

“当年的事，这里很多人都记得。西野晴美是被杀死的，就在刚才墓园的山路上，被一个不认识的人杀死的。”

5

凶手是个三十五岁的男人。他自称是个画家，实际上就是画画电影院的海报什么的，在同行中也算是个有能力的人。

周围人都说，他不爱说话，性格怪僻，却是个很认真的人。他虽然单身，但没有对女性表现出什么浓厚的兴趣。

男人给警察供述时说：是因为下雨。因为天气闷热又下起雨来，突然让他很烦躁。于是他就去了墓园——

为什么要去墓园呢？对于警察的这个问题，一开始他没有给出令人满意的答案。但是，根据他后来所说，才知道原来是为了和年轻女人说话。他说，以前有一次去扫墓的时候，曾经有一个年轻女人和他搭过话。“晚上的墓园，好吓人啊”——

那个女人主动跟他说了这句话，然后他们在那里聊了几分钟。

去墓园的话，就能见到年轻女人。——怎么都不像是一个三十多岁男人会有的想法。就这样，去了墓园。当然，已经是傍晚时分了。

那天确实下了雨。上午还是晴的，可是到了下午，突然乌云密布。太阳落山的时候开始下起了大雨。

那个男人打着一把大黑伞，一个人去了墓园。

但是，他想见的年轻女人，没有出现。何止如此，墓园里连一个人影都没有。

这时候，如果他直接回去的话，就不会有什么事了。但是他没有这么做。难道就没有一个人可以发泄一下自己烦闷的情绪吗？就这样，他开始在墓园周围四处转悠。

男人发现西野晴美，是在墓园背面的山路上。晴美站在路边，打着一把红伞。

就像是把法国的洋娃娃做成了真人——当时的某家报纸是这么形容晴美的。看到报纸上登出的照片，很多人都唏嘘不已："这么可爱的孩子，竟然会遭到如此残酷的杀害。"

男人对警察说，他没有恋童癖，只是觉得她好可爱，所以想跟她说说话。但是那个女孩好像很讨厌他，还说了侮辱他的话。于是他一生气就把她杀了——

但是，警察没有完全相信他的话。西野晴美的尸体，是第二天在墓园背面的山林中发现的。她的衣服全被扒光了，她的短裙、衬衫、内裤和鞋子，被藏在离尸体十米远的树底下。并且裙子和内裤上还残留着少量的精液。但是，尸体上只有扼死的痕迹，而没有施暴的痕迹。

为了施暴，男人把晴美拉到树林里。遭到晴美的反抗，于是就扼死了她。然后脱她衣服的时候突然产生性欲，于是当场自慰。——看来这才是事情的真相。

凶手这么快就落网，靠的是警察们的奋力搜捕。面对如此残暴的杀人事件，山梨县警察局投入了大量的警力，终于找到目击证人，嫌疑人也浮出了水面。然后通过精液和血液的鉴定，很快就逮捕了凶手。被捕后的第三天夜里，凶手就对自己的罪行供认不讳。

以上就是久美子告诉亚沙子的事情。

久美子出生在这里，所以知道这件事情并不奇怪。但是，她当时还是个小学生，怎么会知道得这么详细呢?

“当然了，很多具体的细节，是我最近在图书馆查到的。不是有报纸的缩印版嘛，就是那个。”久美子微笑着说。

“最近，是指什么时候呢?”

“当然是和他结婚以后。这么说来，也不能算最近了，我们结婚已经三年了。他经常一个人悄悄地去扫墓，我很好奇，所以才到处去查的。而且，他还有很多让我捉摸不透的地方，我想要知道原因。”

“捉摸不透?”

“很多。后来我发现，这事好像和村上先生也有关联，所以今天他们出门，我就偷偷跟在他们后面。看来，有这个打算的，不只是我一个人呀!”久美子半开玩笑地对亚沙子说。

“不好意思，我冒昧地问您一件事……”

清水是不是也坚持不要孩子?亚沙子这么一问，久美子深深地点了头。

“对，没错，而且这是结婚的条件。所以我们到现在还没有孩子。不过，这件事我倒是无所谓，我也想再自由几年。”

“您的意思是，还有别的事？”亚沙子问。

久美子表情很严肃，似乎在找合适的词来表达。

“他一看到小孩就会坐立不安，变得很烦躁，容易发脾气。也许单纯只是不喜欢小孩吧。我姐姐他们带孩子来的时候，让人很尴尬啊。”

亚沙子心想，照彦倒是没有这样，但会不会是因为周围没什么小孩？

“还有，村上先生会不会也这样？常常半夜从噩梦中惊醒。”

“从噩梦中惊醒？……没有。”亚沙子摇头。

久美子用手托着腮，嘟囔着说：“我们家那个会这样，有时候。不过呢，好像不是这几年才有的。我问过他妈妈，听说他从小就那样。他这人神经过敏，可能是因为这个吧。”

“您是不是怀疑，跟二十年前的那件事情有关系？”

“嗯，是有点怀疑。”

“您没问过您丈夫吗？”

“没有，总觉得不敢问。”久美子露出疲惫的笑容，叹了一口气，“而且，我希望他主动告诉我。”

亚沙子完全能理解。照彦诡异的行为，让她有一种孤单失落的感觉。

“那个女孩，西野晴美的家，也在这附近吗？”

“已经不在了。我去年去找过了。他们已经搬到隔壁的镇上了。应该是为了离开伤心之地吧。”

久美子让亚沙子稍等，自己进了里面的房间，五分钟后拿着一本记事本出来了。

“我想也许会给他们写信，所以记下了他们的住址。不知道他们现在还在不在这里。”

亚沙子借了纸和笔，抄下了那个地址。虽然还不知道做什么用。

“他们有什么秘密，如果能告诉我们就好了。毕竟是夫妻嘛。”久美子叹了一口气。

6

这一晚，亚沙子还是决定住在甲府的酒店里。她给家里打了个电话，说和朋友聊得太开心了忘了时间，所以今晚就住在这里。

躺在酒店的床上，亚沙子开始回想白天的事。二十年前的那起事件，究竟和照彦他们有什么关系呢？

难道说，那个女孩被杀的事，给他们的心理造成了阴影，所以不想要小孩？但是，如果真是那样，坦白说不就好了吗？只要好好解释，就有商量的余地。

亚沙子拿出在酒店附近买的交通地图册，找到了久美子告诉她的地址。据说租辆车的话，从这里一个小时就能到。

二十年前到底发生了什么呢？——想起扫墓时丈夫忧郁的脸，亚沙子不禁嘀咕着。

第二天早晨，亚沙子的决心还是没有改变。在酒店吃过早餐后，她前往附近的租车公司。她要求租一个尽量小的车，最后租了一个1.0排量的两厢车。她在加拿大也会开车，但是加拿大是方向盘靠左，车靠右行驶。好久没在日本开车了，她不敢开太大的车。

开一会儿车，然后停下来看看地图，然后又继续向前开。这样不断重复的过程中，她也慢慢习惯了靠左行驶。

虽然有几次差点迷路，但最终还是顺利到达了目的地。看到前方一块能停车的空地，亚沙子把车停在那里，开始走路过去。

她到派出所一问，就问到了西野家的地址。原来他们没有搬走。

但是值班警察的态度有点奇怪。

“你要去西野家？”一个发胖的中年警察，把亚沙子从头到脚打量了一遍才问道。

“是的，有什么事吗？”

“没，没什么……你是他家亲戚？”

“不是的。”

“哦……”警察说着又把她从头到脚盯着看了一遍。

真让人不舒服。亚沙子不愉快地离开了派出所。

按照警察说的路线走，她很快就找到了西野家。面朝农田排列着几幢木屋，西野家就是其中一幢。房子外面有一圈矮树篱，里面可以看到院子。

亚沙子穿过院子走到门口，问了一声“有人吗？”但是没有任何反应。她喊第二声的时候，感觉到身后有人的脚步声。回头一看，一个带着孩子的妇女正路过门口。妇女用戒备的眼神看着她，好像要躲开什么似的，拉着孩子的手急匆匆地走了。

亚沙子又问了一遍，还是没有人出来。早知道这样，应该记下电话号码的。

她正要无奈地离去时，旁边传来什么声音。左边的院子还有外廊，亚沙子歪着脑袋看向里面。

没有人，不对，好像有人。里面的拉门被推开了，露出了一个人的脸。亚沙子猛地一怔。

仔细一看，原来是一个老妇人，看起来有七十多岁。如果真的是西野晴美的母亲的话，看起来比实际年龄老很多。

“您是西野女士吗？”亚沙子走近了两三步。

拉门被完全打开，老妇人穿着睡衣，驼着背，瘦得像枯木一样。老妇人好像是卧病在床，亚沙子看到拉门里面铺着的被褥。

“请问，您是不是西野女士？”

亚沙子又问了一遍，但是老妇人没有回答，只是一边盯着她的脸一边走出外廊，动了动嘴巴，似乎在说什么。

“嗯？您想说什么？”亚沙子问。老妇人光着脚，踉踉跄跄地走近亚沙子身边，紧紧地抓住了她的手。亚沙子惊愕地看着她，老妇人的眼中噙满了泪水。

老妇人的嘴不断地动着，一开始亚沙子听不清楚，但是慢慢地她听明白了。原来她一直在说“你回来啦，你回来啦”。

看来她一定是西野晴美的母亲。因为某种原因，她误以为亚沙子是自己的女儿。

“那个，对不起，我不是，我不是您的女儿。”亚沙子解释着，但是老妇人完全听不进去。她流着眼泪，抓住亚沙子的胳膊，一个劲地要拉她进屋。

亚沙子想松开她的手，结果老妇人紧紧地抱着她，开始一边哭一边喊“晴美、晴美”。

亚沙子不知所措，又不能使劲推开她。

这时候，院子里进来一个人。是个六十多岁但体格健壮的男人。他走到老妇人身边，轻轻地拍着她的肩膀：“该给晴美上香了，可不能忘了呀。”他的声音有一种打动人心的温柔。

刚在还在哭的老妇人，突然平静下来，放开了亚沙子的身体，然后对男人反复地说：“香，香，我要上香。”

“对呀，来，快点儿，晴美还等着呢。”

一听到男人这么说，老妇人像机器人一样转过身，光着脚走过院子，走上外廊，走回房间里不见了。

目送老妇人回到房间后，男人才看向亚沙子：“让您受惊了吧？实在对不起，我刚才出去买东西了。”男人的五官圆润、温厚，嘴巴四周蓄着胡子。

亚沙子调整了一下自己的呼吸，然后说：“没事，是我不好，没打电话就突然来拜访。”

“不好意思，请问您是？”

亚沙子站直身体，向他自我介绍道：“我叫村上亚沙子，是村上照彦的妻子。您认识我丈夫吗？”

男人的表情明显地发生了变化。他张开嘴想要说点什么，然后又闭上嘴什么也没说，只是深深地点了点头。

“原来您是照彦的夫人呀。我当然记得他，那他现在在哪儿？”

“他没有和我一起来。我来这里的事，他也不知道。”

男人好像一时不明白亚沙子的意思，但又点了点头表示理解。

“先进来吧，看来您有什么话要说。”男人手掌向上，做了个请的动作。

7

男人说自己叫西野行雄，那个老妇人叫西野墨子，是行雄的妻子，晴美的母亲。

“她看起来很老对吧？其实才六十岁出头。更年期一过，她就开始变得不正常了。人的身体，真是不可思议啊。”西野一边倒茶一边用学者一样冷静的语气说。

“看来还是忘不了您女儿的事情啊。”

听到亚沙子的这句话，行雄露出痛苦的神色。

“虽然已经二十年了。那件事情，是照彦告诉你的吗？”

“不是，是来这里以后，有人告诉我的。”

“是吗，”行雄点点头，“我们夫妻俩好多年都怀不上孩子，本来都快要放弃了。没想到，墨子三十五岁的那年，竟然怀上了。我们非常感谢老天爷，特别是墨子，对孩子宠爱得不得了。常说为了这个孩子，就算去死也愿意。”

而晴美却遭到了那样残忍的杀害。不难想象，对他们来说，这会是多么沉重的打击。

“事情发生后的两三年，墨子一直都不相信这是真的。不，她脑子里是清楚的，但是心里接受不了这个事实。每年过圣诞节，她都买很多女孩的衣服回来。而且根据小孩的成长，买的衣服一年比一年大。我以为这样能让她心里好受一点，于是一直放任她这么做，看来应该早一点制止她呀。现在她变成这样，就是因为那时候没有调整好心态。现在家里来的每一个年轻姑娘，她都以为是晴美。”

原来是这样。亚沙子想起派出所值班员的眼神，原来那个警察也知道，墨子已经变成了这个样子。

“现在是您在照顾她吗?”亚沙子问。

行雄苦笑着回答:“我以前工作的时候，一次家务都没做过，但是现在全都学会了。她照顾了我那么多年，我就当是回报她吧!”

行雄拿起了茶杯，还没有送到嘴边就看着亚沙子说:“净说我们的事了，还没有听你说呢，照彦君发生了什么事吗?”

正准备伸手拿茶杯的亚沙子，听到这话低下了头。“其实……”

她把所有的事情一五一十地告诉了行雄。不生孩子的约定，她在加拿大的自杀未遂，以及照彦回国后令人费解的行为。面对亚沙子的倾诉，西野行雄神色凝重地侧耳倾听着。

“也就是说，你认为照彦君的行为，可能和二十年前的事情有关，所以才来这里的，对吗?”听完她的话，行雄问道。亚沙子点了点头。

行雄抱着胳膊，抬起头闭上了眼睛，仿佛在遥想很久以前的事情。

“照彦君和幸一君，”他小声自语，“他们都是好孩子。当时，因为附近没有别的小女孩，他们两个经常陪晴美一起玩。”

亚沙子看到他紧闭的眼睛里，流出了泪水。那一刻，他好像一下子老了十岁。

“对了，我给你看个东西。”

他睁开眼睛站了起来，打开旁边柜子的抽屉，拿出来几十张明信片。全都是照彦寄过来的。上面的邮戳，从十几年前开始，一直到最近。其中有一半是贺年卡和夏季问候。

最近的那一张，是从加拿大寄来的。当时的亚沙子完全不知道这件事。

“最近可好？加拿大的生活，我已经慢慢习惯了。这边的工作，比日本轻松一些。叔叔你们最近怎么样？我祈祷着，希望阿姨的身体能早点康复。前些天我和妻子去了温哥华，这是在那里买的明信片——”

亚沙子回想起照彦买明信片的时候了。他平时很少买这种东西，当时亚沙子还觉得奇怪。

“都是好孩子。”行雄眯着眼睛说，“从那以后，他们一直想着我们，我们虽然没有了孩子，但还是幸运的。”

“我丈夫他们，究竟在隐瞒什么呢？”

面对亚沙子的疑问，行雄只是沉默着。他几度眨了眨眼睛，似乎在犹豫什么。

这时候，电话铃响了，行雄留下亚沙子去接电话了。

亚沙子一张一张地翻看着这些明信片，上面的字体方方正正的，有一种独特的味道。每一封都写得不长，但是一定会提到墨子的病情。

西野接完电话回来了，不知道是不是心理作用，亚沙子觉得他的表情比刚才轻松了一些。

“真有意思啊，”他说，“说曹操，曹操就到了。是照彦君打来的电话，说是马上要过来。”

“他要来？”

亚沙子慌忙想要起身，西野微笑着制止了她。

“你不用躲起来，再说他也不会来这里。我们约好在甲府车站附近的咖啡店见。本来说幸一也要来，但是我让照彦一个人过来。”

亚沙子望着他的脸，不明白他的意思。

“你去吧，”西野说，“他一定想不到吧。怎么跟他解释，你自己决定。但是，你们不要再过来了，快回东京去吧。”

“但是——”

“到了东京以后，”他拿出一个信封，“你把这个交给照彦君。实际上，我想让你到了加拿大再给他，但是不解释清楚的话，他不会同意的，你心里也会不舒服吧。”

“看了这个，就能知道一切吗？”亚沙子问。

“会的，”他说，“一切都会好的。”

8

西野说的店，离亚沙子租车的公司只有几步路。还了车以后，她走进了那家店。

照彦在里面的桌子上喝着咖啡。虽然只过了一天，她却有一种恍如隔世的感觉。

照彦盯着门口看，却没有发现亚沙子。大概是因为他等的是西野行雄吧。

亚沙子径直走过去，站在了他的桌子前。抬头看到她的那一瞬间，照彦的表情僵住了，事态似乎超出了他的掌控。过了好一会儿，他才开始露出吃惊的表情。

“亚沙子……”

“我可以坐下来吗？”亚沙子拉开了他对面的椅子。

除了西野行雄交给她的那封信，其他的事情亚沙子全部告诉了照彦。包括她跟踪他，以及打探他的过去。本以为他会生气，却没想到他没有表现出不愉快，只是看起来有点忧郁。

“一直让你痛苦的，到底是什么事？你还是不愿意告诉我吗？”

“会告诉你的，一定会的。我不应该瞒着你，从一开始我就这么觉得。”

亚沙子告诉他，西野行雄让他们直接回东京，照彦很意外。

“叔叔不打算见我了吗？”

“大概是。”

他的眼神流露出不安，见不到西野行雄这个事实，似乎让他很受打击。

“为什么呢？你没问他原因吗？”

“没问。但是他说了，一切都会好的。”

照彦歪着脑袋，他好像也不明白西野的意思。

离开咖啡店之前，照彦起身去打了个电话。亚沙子还以为他是打给西野的，结果不是。

“我给清水打了个电话，说我们要回去了。叔叔不想见面，那就没办法了，改天再说吧。”

“改天？……你是说回加拿大之前吗？”亚沙子问。

照彦咬着嘴唇，不知如何回答，然后轻轻地点了一下头：

“对，回加拿大之前，一定。”

中央干线开往东京的特快列车上，两个人并排坐着。每次坐车，照彦都会让亚沙子坐在靠窗的位子。此刻他闭着眼睛，坐在靠着过道的位子。

亚沙子看着窗外。照彦的家乡越来越远了，可以肯定的是，二十多年前，照彦在这里丢失了一个很重要的东西。

列车朝着东京的方向飞驰而去。两个人沉默着，一直没有开口说话。

马上到大月市站了，照彦终于开口了：

“你没嫁给我就好了。”

亚沙子吃惊地看着他。

“我有这种感觉。仔细想想，以不要孩子为前提求婚，这本身就是错的。在加拿大的时候，还让你受了那么大的苦，我不是个称职的丈夫。”

“西野先生说了，一切都会好的……”

但是，他摇头。

“我们现在是什么状况，叔叔并不知道。”

亚沙子拿出了那个信封。

“他让我把这个交给你。他本来让我到了东京再拿出来的。”

“给我的？”

照彦接过信封，迫不及待地打开了。信封里面是一张纸。亚沙子也看到了，是一张很旧的、发黄的纸。

“这是……”亚沙子问。

照彦拿着纸的手在颤抖。他搓着脸，摇了摇头。

“原来……原来是这样。”

“喂，到底怎么了？”

照彦抬起头看着她，他的眼睛里布满血丝。

“我们弄错了，整整错了二十年。”

“老公……”

照彦站起来，从行李架上取下了行李，然后对她说：

“下一站下车吧。我们回甲府，一定和叔叔他们见一面。”

9

到甲府站下车时，清水夫妻已经在等着他们。在大月市站，照彦已经给他们打过电话了。见面后，首先，初次见面的亚沙子和清水互相打了招呼。清水好像已经听妻子说过了，所以对亚沙子的出现，并没有很吃惊。

“你刚才说的，是真的吗？”清水问照彦。

是真的，照彦点头，并把信封递给了他。

看到信件内容的清水，和刚才的照彦是完全一样的反应。虽然事先打过电话，他应该有心理准备，但还是惊讶得好一会儿都合不上嘴。纸上写的是什么，亚沙子还不知道，照彦还没有告诉她。

四个人在车站附近打上出租车，直奔西野家。照彦坐在副驾驶座上，给司机指着路。其他人沉默着，谁也没有开口说话。

他们到达西野家，已经是黄昏时分。照彦打开玄关的门，大声问："有人吗？"

西野行雄走了出来。看到他们一行人，他开始有点吃惊，但是很快就露出温厚的笑容，开玩笑地说："哎哟哎哟，全到齐了呀。"

"对不起，"亚沙子向他道歉，"还没有到东京，我就给他看了那封信。"

西野笑着回答："没什么好道歉的。"

"叔叔，"照彦向前迈出一步，"应该道歉的是我们两个！不，就算我们道歉，也已经没用了……"

"好啦好啦，先这样，"西野摊开手掌，让他们不要着急，"进来再说吧，好久没见了。"

佛坛前供着西野晴美的照片。果然如久美子所说，她的五官就像洋娃娃一样可爱。可能是逗着玩的时候拍的吧，她的笑脸，还有一种羞涩的表情。

四个人依次给死者上了香。墨子呆呆地坐在佛坛旁，盯着看他们几个人的动作。

照彦最后一个拜完，然后跪坐在西野夫妻面前，深深地低下了头。

"你们的心结该解开了吧。"西野看着他和幸一。

照彦想要说点什么，但是没找到合适的词语。他转过身面对亚沙子。"有件事，我必须要向你坦白。"他说，"西野晴美是我们杀死的。”

亚沙子屏住了呼吸，身边的久美子也惊讶地低叫了一声。

“照彦君，你不要这样说。”

“不，您一定要让我说。”照彦的语气很坚定，他舔了一下干裂的嘴唇，“二十年前，晴美被那个变态的男人杀死了。那个男人为什么会去墓园，他是怎么杀死晴美的，这些后来都查清楚了。但是，有一件事一直是个谜。那就是，为什么那天晴美会出现在那里。”

亚沙子暗暗吃了一惊。确实。关于这一点，久美子也没有提过。

“当然，这件事情，警察也不是没有查过。因为要确认凶手的供述，就得查清楚晴美的活动。但是，直到最后，还是没有人知道，她为什么会去那里。”

“难道那件事……和你们有关吗？”久美子问她的丈夫。

幸一点点头 :“是的。”

“那天，我们约好去山里捉蝴蝶。我、幸一，还有晴美，我们说好第二天三点在墓园后面集合。”照彦痛苦地说着，“那天，我和幸一在学校。那天乌云密布，眼看就要下雨了，我们俩就说今天取消吧。但是，当时晴美不在，她不知道我们取消了。我和幸一都以为对方会告诉晴美，所以都没当回事。”

“结果她一个人跑去等你们了？”亚沙子问。

照彦点点头。

“她从三点开始等，一定等了很久。一直到四点、五点，一直到那个男的出现……”

“是我们杀死了她。”幸一的声音更像是呻吟。

“不，那是我们家长的错。”西野沉重地开了口，“直到天黑，我们都没有发现晴美不在。我们也没当回事，心想她一定是跟谁玩去了。等到大家发现的时候，她已经被杀死了。墨子那么受打击，也是因为自责，她比你们还要自责。”

“但是我们撒谎了呀。”幸一说，“阿姨问我们有没有看到晴美，我们都说没看到。大家都在找她的时候，我们不敢说出爽约的事。如果我们早一点说，她可能就不会被杀死了……我太卑鄙了。”

“凶手被抓了，但我和幸一还是不能原谅自己。这是理所当然，一个人做了那种事，怎么可能会心安呢？从那以后，我们一直愧对叔叔和阿姨，却又没有勇气说出来。”

“你们为了赎罪，决定以后不要孩子，对吗？”亚沙子问。

“我知道，即便是那样，也赎不了罪。”照彦说，“但是我们必须要受到惩罚，我们夺走了叔叔他们的孩子，所以我们没有资格要孩子！这就是我和幸一的约定。”

“但是，因为我自杀的事，所以你来找幸一，想取消那个约定，是吗？”

“我不想让你因为我受苦，所以我决定换一种惩罚方式。但是，我和幸一逐渐意识到，我们的想法是多么愚蠢。我们所谓的赎罪，只不过就像小孩过家家，仅仅是为了让自己心里好受。我们最应该做的，是跟叔叔阿姨道歉。”

“但是，从一开始，你们就没必要道歉。”西野说，“因为，晴美和你们有约的事，我们很早就知道了。但是我们从没恨过你们，真的。童年时代，每个孩子都会经历各种事情。和伙伴们约好，结果发现只有自己一个人去，这样的事情谁都会遇到。小孩子就是这样慢慢成长的。”

“叔叔……”

“你们太自责了。我很想解除这个误会，所以把那封信交给了亚沙子。”

“是啊，我没想到……”照彦拿出信封，打开了那张纸。

“晴美是个小大人，那时候就开始写日记了。我们发现这篇日记时，凶手已经被抓了。事已至此，我们就没有公开她的日记，只是保留了下来。”

“叔叔，我现在才知道，您早就知道我们犯的错了。”

西野不停地点头。

亚沙子拿起了那张纸，是一张小学生用的作文纸，上面用大大的字写着：

“明天和小照、小幸捉蝴蝶三点”

西野看着晴美的遗像：

“二十年后，他们终于还是来找你了。太好啦，晴美。”

这时，坐在一旁的墨子，也微笑着对相框中的女孩说：

“太好啦，晴美。”

后 记

这篇文章，与其说是后记，不如说是“辩解”。

这次收录的作品，过去都以某种形式发表过，这次只不过是第一次以短篇集的形式出版而已。说到其中的原因，每篇作品都不尽相同。但是，这些都不是什么了不起的理由。既然要把这些作品重新出版，我就有必要解释一下理由。

《谜团重重》

我写这篇作品时，日本正值泡沫经济的巅峰时期。因此，小说中也多少散发着那种气息。当时，刊登这部作品的报社倒闭，所以就这样中断了二十年。如今看来，这篇作品已经成为历史小说。我想这样也挺有意思，于是就收录到了这本书中。本书的书名《那时的某人》，灵感就是来自这篇小说。

《REIKO和玲子》

这篇小说和《谜团重重》刊登在同一家报纸上，因此保留至今的原因也是一样的。此外，我对它的内容也有些不满，所以这篇是这次改动最多的作品。

《再生魔术的女人》

重读这部作品，为什么没有一部短篇集收录过，我也感到不可思议。这是我相当满意的一篇小说。我查了一下，这篇小说第一次发表是在《问题小说》一九九四年三月号上。我出版的最后一本非系列短篇集是一九九四年二月的《怪人们》，所以没能收录这篇作品。直到这次，才有了机会。

《再见，爸爸》

要不要收录这篇小说，我犹豫了很久。这篇小说，是我的长篇小说《秘密》的原型。因为对原型不满意，才把它改写成长篇小说的。所以，我不知道，把这样的小说作为商品出版到底好不好。但是，出版社的编辑一再鼓励我“这样也挺有意思的”。此外，丹尼尔·凯斯曾经把《献给阿尔吉侬的花》的短篇版本收录到短篇集里，这件事也给了我勇气。所以，我下决心收录了这部作品。

《名侦探退场》

过去，我们有一个年轻作家协会，名叫“雨之会”。带头的是井泽元彦、大泽在昌他们，刚出道的宫部美雪也加入了这个协会。大家把写好的作品收集起来，出版了两部选集，也就是《喜欢推理小说》和《还是喜欢推理小说》。本作品就收录在第二部选集中。当时，我常去看“四季”剧团的演出，受到《水闸》这个推理剧的影响，写了这篇小说。主人公的名字也是照搬剧中的人名。从那时起，我对侦探题材产生了兴趣，创作了后来的“天下一系列”，也就是《名侦探的守则》。还有一句题外话，我的拙著《新参者》中，有一个年轻演员演戏的场面，就是在演绎这篇作品的开头。

《母老虎》

一个作家随便想一个题目，然后由其他作家把它写成一篇小说。出版社也真会折腾人。如果是现在的话，我一定会拒绝吧。当时，轮到我写的，是太田忠司想到的“女虎”这个题目。虽然写得挺顺利，但是，不理解“老虎”的引申义的人，也许会看不懂吧。

《我想睡，不想死》

写这篇小说的情景，我记得很清楚。当时我已经把另外一篇小说送到出版社了，但是自己怎么都觉得不满意。于是，在截止时间只剩下几个小时的时候，我又拜托出版社延长时间，重新写了一篇小说。从天亮到天黑，一刻也不能闭上眼睛，当时的心境也和这部作品一样。和《母老虎》一样，因为是超短篇，所以一直没有收录到作品集中。

《二十年后的约定》

某种意义上来讲，这部作品才是最大的“残次品”吧。从写完的那一刻开始，我就觉得不满意，从来没有再读过。没有收录在短篇集里，也是因为觉得是失败的作品。但是，出版社的编辑反复说“我不觉得有那么糟啊”，所以我不情不愿地重新读了一遍。结果，还真没有那么糟。我当时为什么那么不满意呢，仔细想一想，恐怕是因为这部作品没有按照设定的思路写吧。那时的我坚信，推理小说必须要按照设定好的思路去写。另一方面，一直想不出好的标题。现在的这个标题，是对作品不满的我随便起的吧，没有经过认真推敲。可能对读者朋友们来说有点失礼，但我还是用了原来的标题，就当作是我的自省吧。